DREAMBOOKS★

무적군주 로이스

오렌 판타지 장편소설

ORIGINAL FANTASY STORY & ADVENTURE

★
dream
books
드림북스

무적군주 로이스 8

초판 1쇄 인쇄 2018년 10월 18일
초판 1쇄 발행 2018년 10월 29일

지은이 오렌
발행인 오영배
기획 박성인
책임편집 이예찬
디자인 권지연
일러스트 문필재
제작 조하늬

펴낸곳 (주)삼양출판사 · 드림북스
주소 서울시 강북구 도봉로 173
대표 전화 02-980-2112 **팩스** 02-983-0660
편집부 전화 02-980-2116 **팩스** 02-983-8201
블로그 blog.naver.com/dreambookss
출판등록 1999년 3월 11일 제9-00046호

ISBN 979-11-283-9398-3 (04810) / 979-11-283-9390-7 (세트)

드림북스는 (주)삼양출판사의 판타지 · 무협 문학 브랜드입니다.

무적군주 로이스

8

오렌 판타지 장편소설

ORIGINAL FANTASY STORY & ADVENTURE

dream
books
드림북스

Contents

Chapter 1
지략의 승부

"타르파! 정신 차려요!"

아시엘은 미스토스의 힘으로 타르파를 다시 치료했다.

그러나 타르파는 이미 전의를 상실한 상황이었다.

이대로라면 아스피스 성은 엄청난 위기에 처하고 말 것이다.

바로 그때였다.

파스스스! 번쩍!

갑자기 상공의 정육면체가 사라지더니 새로운 거대 정육면체가 나타났다.

그 또한 마찬가지로 6,859개의 붉은빛들이 반짝이고 있었는데, 곧바로 19개의 흑색 빛들이 나타났고, 뒤이어 19개의 백색 빛들이 생겨났다.

그런 식으로 계속 수가 빠르게 진행되었는데, 시간이 흐를수록 백색 빛들이 흑색 빛들을 압도하고 있었다.

아시엘이 놀라 물었다.

"저게 어찌 된 일이죠?"

"저럴 수가! 아무래도 다른 누군가 저 대신 나칸과 지략의 승부를 새롭게 벌이고 있는 듯합니다. 오오! 정말 보통 실력이 아니군요. 저보다 몇 단계 위의 실력입니다. 크흑! 잘하면 나칸을 물리칠지도 모릅니다."

타르파는 죽었다 살아난 듯 눈물까지 흘리며 탄성을 질렀다. 아시엘 또한 반색했다.

갑자기 나타나 타르파를 대신해 나칸과 지략의 승부를 펼치고 있는 정체불명의 인물. 그는 타르파와는 비할 수 없는 고단수의 지략가였다.

"대체 누굴까요?"

"저 승부는 오직 미스토스의 힘을 쓸 수 있는 자만 참여가 가능합니다. 아무래도 아이리스 님이 도착한 게 분명합니다."

"아, 그렇군요!"

드디어 지원군이 도착한 것이다.

그때 갑자기 제2 외성을 뒤덮은 검은 안개가 흔적도 없이 사라졌다.

동시에 그곳에 있던 괴수어들이 힘을 잃고 몸부림치기 시작했다.

그것을 본 타르파가 눈을 빛냈다.

"하하하! 역시 아이리스 님의 지략은 대단합니다. 나칸이 밀리고 있습니다."

아시엘이 환호했다.

"지금이 기회예요. 어서 미스토스 용병들을 보내 저 괴수어들을 모조리 죽여야 해요."

"모두 공격하라!"

"와아아아!"

제1 외성으로 퇴각했던 용병들과 병사들이 우르르 쏟아져 나가 괴수어들을 학살하기 시작했다.

같은 시각, 타르파의 예상대로 아이리스가 나칸과 지략 대결을 벌이고 있는 중이었다.

방금 전 그녀는 마전함을 타고 막 아스피스 성 북쪽 호수에 도착했는데, 별안간 알 수 없는 흑색 안개가 피어나 앞을 가로막았다.

그 흑색 안개는 마전함과 4천 명의 미스토스 용병들을

순식간에 포위했는데, 그 즉시 전략가의 두루마리를 통해 그녀는 고대의 초마력대공간진이 펼쳐졌다는 사실을 알 수 있었다.

또한 어떻게 해야 저 초마력대공간진에 맞설 수 있는지도 알았다.

이는 오직 미스토스를 사용하는 이들의 지략 싸움으로 귀결된다는 것을 말이다.

방식은 체스처럼 돌아가면서 특정 위치를 점하는 것이었다.

그러나 이 정육면체에서 이루어지는 대결은 체스에 비할 수 없이 복잡하고 어려웠다.

정육면체의 입체 공간 속에 존재하는 6,859개의 자리들.

그 안에서 백과 흑이 서로 자웅을 겨루며 형세를 유리하게 만들어 가야 하기 때문이다.

한 번에 19개의 자리를 배치해야 하는 만큼 엄청난 계산을 요했다.

무엇보다 승리를 위해서는 상대가 어떻게 나올지 미리 예상을 해야 하는데, 워낙 경우의 수가 많다 보니 어지간히 머리가 좋다 해도 쉬운 일이 아니었다.

심지어 천재 마법사라 불리던 로디아조차 혀를 내둘렀다.

시간을 두고 천천히 분석한다면 그나마 어떻게든 해 볼 수 있겠지만, 제한된 시간 내에 대결을 해야 하는 게 문제였다.

다행히 아이리스는 전략가의 두루마리로부터 얻은 통찰의 눈이라는 능력이 있어, 직감적으로 지략의 대결을 펼쳐 나갔고, 나칸을 몰아붙일 수 있었다.

"와아아아!"

"우하하하!"

아이리스로 인해 흑색 안개에 장악됐던 아스피스 성의 제2 외성이 해방되자 그것을 지켜보고 있던 이들이 모두 환호를 질렀다.

로디아, 루니우스, 그리고 200여 명의 정령들, 라크아쓰 패거리 등은 마전함 내부에서 환호했고, 밖에 있는 4천 명의 미스토스 용병들도 각각의 무기를 흔들며 환호했다.

그러나 정작 아이리스의 표정은 긴장으로 굳어 있었다. 그녀의 전신이 모두 땀에 젖어 있을 정도였다.

'이제 시작일 뿐이야. 간신히 외성을 해방시켰지만, 또 어떤 공격이 들어올지 알 수 없구나.'

통찰의 눈이라고 무조건 만능은 아니었다. 그만큼 많은 심력이 소모되므로 최대한 집중해야 했다.

특히 잡념이 생겨 마음을 맑게 유지하지 못하면 통찰의

눈이 주는 직감력은 하락하게 된다. 따라서 이 순간 승리에 도취되거나 과도한 자만심을 가지는 것은 금물이다.

그녀는 모든 걸 초월한다는 마음으로 담담하게 지략의 대결에 임하려 애썼다.

그때 나칸은 인상을 확 찌푸렸다.

'뜻밖이로군. 아이리스의 머리가 좋은 건 알고 있었다만 이 정도는 아니었는데.'

사르곤 제국 황제의 스승이었던 나칸이었다. 당연히 황자들과 황녀들도 어렸을 때부터 그에게 적지 않은 가르침을 받았다.

즉, 아이리스를 직접 가르쳐 봤던 나칸이기에 누구보다 그녀에 대해 잘 알고 있었다.

비록 영특하긴 했지만 그래 봤자 그의 손바닥 위에서 재롱이나 피우는 수준이었는데, 이렇게 당당히 그의 뺨을 후려칠 만큼 놀라운 지략을 보여 줄 줄이야.

'분명 뭔가 특별한 능력을 얻은 것이 틀림없다. 인간의 머리로는 절대 저 같은 지략을 펼칠 수 없어.'

이 초마력대공간진의 지략 대결은 나칸이라 해도 처음 접하면 어떻게 해야 할지 허둥댈 수밖에 없을 만큼 난해한 것이었다.

따라서 그는 제라칸의 총사로부터 비법을 배웠다.

굳이 어떤 자리를 점해야 할지 고민할 것 없이 수천 가지의 필승 전법을 그대로 외웠다. 그것들은 특히 그가 먼저 시작할 경우에 매우 유리한 비법들이었다.

나칸은 외운 그대로 하되 약간의 임기응변만 하면 되었기에 타르파를 일방적으로 몰아붙여 단숨에 승리를 거둘 수 있었던 것이었다.

그런데 아이리스가 놀랍게도 그 비법에 등장하지 않는 형식의 반격을 해 오니, 나칸으로서는 머리가 터질 지경이었다.

'크윽! 이러다 내가 패배하면 이게 무슨 망신인가.'

심력을 많이 쏟았는지 나칸의 코에서 피가 흘렀다.

그러던 그의 눈빛이 이내 의미심장하게 번쩍였다.

'그렇다면 다른 방법이 있지.'

곧바로 그는 아공간의 가방에서 하나의 단검을 꺼냈다.

검신에 핏물이 얼룩져 있는 단검이었다.

'아이리스! 네년이 아무리 대단한 능력을 얻었다 해도 이것을 보고 침착하기는 어려울 것이다.'

그 순간 그 단검의 환영이 아이리스의 앞에 생겨났다.

'……?'

아이리스는 갑자기 나타난 단검의 환영을 보고 고개를

갸웃했다.

—아이리스 황녀마마, 오랜만이군요. 나는 나칸이외다. 그간 강녕하셨소? 어려서 내게 병법과 마법을 배운 게 엇그제 같은데 벌써 나를 당혹스럽게 할 만큼 놀라운 지략을 갖추다니 놀랍소이다. 한편으로 대견하기도 하오. 허허허허!

그때 들려오는 환청. 아이리스의 두 눈이 차갑게 빛났다.

'나칸! 나칸이라고?'

물론 어쩌면 나칸일지도 모른다고 짐작은 했다. 이곳에 오기 전 용자 칼리스의 동굴에서 스텔라를 만나 나칸이 제라칸의 하수인이 되었다는 얘기를 들었기 때문이다.

그런데 실제로 나칸이 음성을 보내오자 그녀는 순간 마음의 평정이 깨질 뻔했다.

나칸은 사르곤 제국과 라키아 대륙을 마왕에게 바치려한 사악한 존재이자, 동시에 그녀의 가족을 죽인 원수이기 때문이다.

그런데 나칸은 마치 아무런 일도 없었다는 듯 태평스럽게 그녀를 향해 말을 하고 있으니 기가 막혔다. 마지막의 너털거리는 웃음소리는 특히 가증스러웠다.

'신경 쓰지 말자. 나의 마음을 흔들어 지략을 펼치지 못하게 만들려는 수작이 분명해.'

아이리스는 나칸을 무시한 채 지략 대결에 집중하기로 했다.

―지금 앞에 보이는 단검이 무엇인지 아시오?

"……."

갑자기 이상한 단검의 환영을 보여 주더니 다시 그 단검에 대해 언급을 한다.

그것도 지략 대결에 집중해야 하는 이 중요한 상황에.

그냥 쓸데없는 수작을 부리는 것이라 생각할 수도 있겠지만 아이리스는 알 수 없는 불안감을 느꼈다. 가슴이 터질 듯 세차게 뛰기 시작했던 것이다.

―그 단검에 묻은 피는 마마께서도 짐작하시듯 붕어하신 황제 폐하와 황후마마의 몸에서 나온 것이오. 물론 황태자 전하의 심장에서 나온 피도 묻어 있소이다. 일단 먼저 황태자를 죽이고, 난 황태자로 변신했소. 그리고 황제와 황후를 하나씩 찔러 죽였다오. 어떻소? 이래도 그 단검이 별거 아니라 생각하시오?

"네, 네놈이! 나칸 네놈이⋯⋯!"

아이리스는 입에서 피를 울컥 쏟았다. 그녀의 두 눈에서 피눈물이 흘러나왔다.

'안 돼. 흔들리면 안 돼. 모두 저 사악한 놈의 수작일 뿐이야.'

설령 저 말이 사실이라 해도 어쩔 수 없었다.

나칸이 이미 그 일을 자행한 것은 그녀도 알고 있기 때문이다.

지금 이 순간 그 얘기를 꺼내는 나칸의 의도는 오직 하나였다.

그녀가 마음의 평정이 깨져 제대로 된 지략을 펼칠 수 없게 만들려는 것!

'절대 네 뜻대로 되지 않을 것이다.'

아이리스는 이를 악물고 정육면체에 포진된 나칸의 진세에 맞섰다.

그러나 그것은 어디까지나 그녀의 바람일 뿐, 이미 불같이 솟아난 분노로 인해 아까처럼 마음을 맑게 만들 수가 없었다.

이 상황에도 침착하려 애쓰는 그녀의 의지가 대단한 것은 맞지만, 그것과 마음의 평정과는 다른 문제였다.

그렇게 마음의 평정이 흔들리자 통찰의 눈이 주는 직감력이 하락했고, 그 결과는 바로 나타났다.

츠읏! 츳! 츠으읏—

갑자기 아스피스 성 도처에 포탈들이 수십 개 생겨났다. 그리고 그 각 포탈로부터 리자드맨들이 수십여 마리씩 쏟아져 나왔다.

"카카카카!"

"키키키키!"

이는 두 개의 외성뿐 아니라 내성에서도 벌어진 일로, 갑자기 나타나 살육을 벌이는 리자드맨들로 인해 성안이 참혹한 전쟁터로 변했다.

"아악! 사, 살려 줘! 아아악!"

"으으! 리자드맨들이다! 크아악!"

"꺄아아악!"

이에 놀란 아시엘과 타르파가 다급히 용병들과 병사들을 지휘해 리자드맨들과 맞섰다.

다행히 그사이 아이리스가 다급히 응수해 포탈을 제거했지만 무려 1천여 마리 가까이 진입한 리자드맨들로 인해 성안은 여전히 수라장이었다.

"당황하지 말고 모조리 죽여라!"

"한 놈도 빼놓지 말고 다 죽여라!"

내성에서는 용자의 기사 카로드가 바람처럼 움직이며 리자드맨들을 도살했고, 오후스와 마족 란델이 외성 특히, 도시 루파인으로 침투한 리자드맨들을 미스토스 용병들과 함께 제거했다.

그렇게 성안이 진정되었을 찰나 이번에는 상공에 머무르던 검은 안개가 서서히 아래로 내려오기 시작했다.

스스스. 스스스스.

'아아, 이런!'

아시엘의 안색은 사색이 되고 말았다. 기를 쓰고 전세를 역전시켜 보려 했지만 나칸은 치밀하게 그녀를 몰아붙였다.

'한 번 밀리기 시작하니 끝이 없구나. 더 이상 밀리면 끝장이야.'

이것은 단순한 승부가 아니었다.

그녀의 패배는 곧 아스피스 성의 패배를 의미했다.

아스피스 성이 점령된다는 뜻이다.

그것은 상상할 수 없는 재앙이었다.

용자 아시엘뿐만 아니라 성에 있는 모두가 죽고 말 테니까.

'어떻게든 방법을 찾아야 해.'

그렇게 아이리스가 고심하고 있는 모습을 로디아와 루니

우스는 애타는 표정으로 쳐다봤다.

'마마께서 너무 힘들어하고 계셔. 내가 이럴 때 도움이 되지 못해 죄송하구나.'

마스터급 마법사인 로디아로서도 저 검은 안개를 이룬 결계를 해제할 수 없었다. 또한 그랜드 마스터조차 초월한 루니우스가 아무리 강력한 검격을 날려 봐도 결계는 꿈쩍도 하지 않았다.

'부디 힘내세요, 마마.'

그녀들은 아이리스가 어떻게든 나칸과의 지략 대결에서 승리하기를 바랄 뿐이었다.

그런 사실을 알고 있기에 아이리스는 탈진하기 직전인 상태임에도 기를 쓰고 나칸에 맞서고 있었지만, 아무리 봐도 다음 수가 보이지 않았다.

'큰일이구나. 이러다 나칸에게 꼼짝없이 패하고 말 거야.'

그녀는 정신이 아득해져 왔다. 여기서 밀리면 검은 안개가 내려오는 속도는 더 빨라져 금세 성을 뒤덮고 말 것이다.

나칸의 초마력대공간진이 형성한 검은 안개는 암흑 결계의 일종이다.

암흑 결계 속에서 제라칸의 휘하 부대는 물론 그롤 군단은 전투력이 상승하게 되어 매우 유리한 전투를 수행하게 된다.

타락한 용자의 사악한 기운에 물든 그들은 모두 마족이나 마물처럼 암흑화된 상태이기 때문이다.

반면에 아스피스 성의 용병들이나 병사들은 암흑과는 상반되는 선한 기운을 가지고 있다 보니 암흑 결계에서는 움직임이 느려지며 전투력이 대폭 하락할 수밖에 없었다.

그야말로 일방적인 살육이 될 수밖에 없는 것이다.

그래서 아이리스가 이토록 필사적으로 지략 대결에 임하는 것이었다.

'무슨 일이 있어도 저 검은 안개가 성을 뒤덮게 해서는 안 돼.'

아스피스 성의 운명이 그녀의 손끝에 있었다.

'하지만 도무지 모르겠어.'

19개의 백색 빛들을 저 수많은 자리 중 어디에 배치하느냐에 따라 검은 안개의 하강을 멈추고 다시 위로 밀어 버릴 수 있을지 여부가 결정되는 것이다.

'이를 어쩌지……'

그사이 모래시계의 시간이 거의 다 되었다.

이대로 시간이 모두 지나 버리면 다시 나칸의 차례로 돌아간다.

그것은 그야말로 최악의 상황!

'그럴 수는 없어. 뭐라도 수를 내야 해.'

그러다 보니 아이리스는 초주검 상태였다.

이런 상황에서는 통찰의 눈이 주는 직감도 큰 위력을 발휘하지 못하는 듯했다.

번쩍! 번쩍!

어쩔 수 없이 백색 빛을 하나씩 정육면체 속으로 집어 던지는 그녀의 손끝이 세차게 떨렸다.

그 모습을 멀리서 보고 있던 나칸이 비릿한 조소를 흘렸다.

"큭! 무슨 짓을 해도 소용없을 것이다. 이미 상황은 끝났단다, 아이리스."

지금의 형세는 제라칸의 총사가 전수해 준 수천 가지 필승 전법 중 하나와 거의 일치한다. 나칸이 일부러 져 주지 않는 한 무조건 그가 이기게 되어 있는 것이다.

설사 지략의 신이 나타난다고 해도 말이다.

'이건 무조건 내가 이길 수밖에 없는 대결이었다. 이 정도까지만 해도 네가 대단했다는 건 인정해 주마. 하필이면 날 만난 것이 너의 비참한 운명이라면 운명이겠지.'

아이리스의 차례가 끝나자 나칸은 기다렸다는 듯 19개의 흑색 빛을 미리 정해 둔 위치에 던지기 시작했다. 그 빛들이 하나씩 자리를 찾을 때마다 정육면체 공간에서 흑이 백을 점점 압도하기 시작했다.

아이리스의 표정은 해쓱해졌고 나칸의 미소는 짙어졌다. 급기야 그는 크게 웃었다.

"크하하하하! 지루한 시간은 지났구나. 이제 살육의 축제를 벌여 볼까?"

번쩍!

마지막 흑색 빛이 자리를 찾는 순간.

스스스스스—

아스피스 성 상공의 검은 안개가 하강하기 시작했다.

'끝장이구나. 해법이 보이지 않아.'

아이리스는 드디어 올 것이 오고 말았다는 듯 절망의 탄식을 내뱉었다.

이제는 무엇을 한다 해도 상황을 역전시킬 방법은 없어 보였다.

그녀는 다급히 로디아를 향해 말했다.

"이제 우린 최악의 상황에 대비해야 해. 유사시 용자 아시엘과 타르파를 구출해 빠져나가야 할 수도 있어."

"각오하고 있어요, 마마."

"마마께서는 최선을 다했어요. 너무 심려치 마세요."

로디아와 루니우스의 표정은 비장하게 굳어 있었다.

최악의 상황이란 곧 아스피스 성이 무너지는 것을 의미한다. 후일을 대비해 용자 아시엘의 목숨만은 살려야 할 것이다.

또한 릴리아나의 꽃밭은 어찌 될 것인가?

그 결계는 어떤 상황에도 걱정 없다는 말은 들었었지만 그녀들로서는 불안하지 않을 수 없었다.

그런데 바로 그때.

우르르르르! 콰아아아앙!

마치 수천 개의 우레가 울리는 것과 같은 굉음이 들리더니 검은 안개가 갑자기 하강을 멈췄다.

콰앙! 우르르르! 쿠콰콰쾅!

대체 저 안개 속에서 무슨 일이 벌어지고 있는 것일까?

놀랍게도 초마력대공간진을 상징하는 거대 정육면체도 사라지고 보이지 않았다.

마치 천지가 개벽하는 듯한 가공스러운 굉음만 울려올 뿐이었다.

한편 나칸은 난데없이 출몰한 정체불명의 강적으로 인해 크게 당황한 터였다.

정체를 알 수 없는 한 존재가 초마력대공간진의 막강한 결계를 그대로 뚫고 들어온 것이다.

이는 상상도 못 해 본 일이었다.

외부의 존재가 초마력대공간진으로 진입하려면 일단 미스토스의 힘을 다룰 수 있어야 한다.

그땐 자연스레 거대 정육면체가 나타나 지략의 대결을 펼치게 되어 있었다.

그러나 지금 나타난 적은 그런 것도 없었다.

그냥 알 수 없는 강력한 공격으로 결계 자체를 깨 버린 것이다.

"끄아아아악!"

"꾸어억!"

"캬아악!"

동시에 암흑 결계 속으로 들어와 일방적으로 살육을 벌이고 있었다.

상상할 수 없는 전투력을 가진 정체 모를 적!

그는 마치 바람과 같은 속도로 암흑 결계의 중심으로 접근해 왔기에 나칸은 그의 실체를 확인할 수 있었다.

거대한 붉은 날개를 펼친 한 소년.

그의 검이 번쩍일 때마다 아즈검과 매브왕들이 죽어 나갔고, 리자드맨들은 검광에 노출되는 순간 그대로 녹아 버렸다.

'저놈은 혹시?'

언뜻 그를 봤을 때는 마왕인가 싶었다. 마왕이라면 충분히 지금 상황이 이해가 갔다. 초마력대공간진은 미스토스를 가진 용자의 성을 함락시킬 때는 아주 유용하지만 마왕을 상대할 때는 주의해야 했다.

나칸과 같은 타락한 용자의 세력이 펼친 초마력대공간진은 암흑 결계를 형성하기 때문이다.

만약 그 상태로 마왕과 싸우게 되면 오히려 마왕에게 유린당할 수밖에 없는 것이다.

암흑 결계 속에서 마왕은 가히 무적이니까.

따라서 지금 나타난 적이 마왕이라면 이렇게 일방적으로 밀리는 것이 이해가 된다지만.

'저놈은 마왕이 아니다. 로이스 그놈이 분명해!'

나칸은 로이스의 얼굴과 정체를 알고 있었다.

미스토스 상급 기사 로이스!

제라칸의 진영에서도 가장 꺼림칙한 상대로 여기고 있으며, 가능하면 그와는 정면 승부를 벌이지 말라고 했을 정도였다.

마왕들이 알아서 로이스를 해치워 줄 것이기 때문이다.

실제로 마왕들은 로이스에게 이를 갈고 있었다.

'으으! 어찌 저놈이 살아 있는 것인가? 분명 마왕 데세오가 저놈을 잡아갔을 터인데.'

나칸은 지금 상황이 도무지 이해가 가지 않았다.

그러나 지금은 그게 문제가 아니었다.

이대로라면 그는 로이스에게 죽고 말 것이다. 물론 죽는
다 해도 미스토스를 통해 성에서 부활하게 되겠지만, 그 경
우 총사의 문책을 당하게 된다.

부활에는 많은 미스토스가 소모되기 때문이다.

전쟁에서 패배한 것도 모자라 미스토스까지 많이 소모하
게 되면 앞으로 총사뿐 아니라 제라칸의 눈 밖에 날 수밖에
없었다.

"어쩔 수 없군. 일단은 피해라! 퇴각하라!"

그가 외치기 전에도 이미 제라칸 휘하 부대들은 철수 중
이었다. 나칸 역시 멀리서 자신을 향해 빠른 속도로 다가오
는 로이스를 노려보고는 잽싸게 공간 이동을 하려 했다.

츠으으……!

그러나 그 순간 저 멀리 있던 로이스가 눈 깜짝할 사이에
그의 앞으로 번쩍 다가왔다. 그리고는 그의 목을 한 손으로
움켜쥐었다.

"어딜 도망가는 거냐?"

콰악!

"크으으윽!"

분노로 이글거리는 로이스의 눈빛과 마주한 나칸은 공포

에 질려 정신이 아득해지는 것 같았다.

"넌 나칸이군."

로이스가 나칸을 한눈에 알아봤다. 그 역시 나칸의 얼굴을 알고 있기 때문이다.

"마왕 크리움의 하수인에 이어 이제는 제라칸의 하수인이 된 건가? 제라칸에게 전해라. 곧 내가 죽이러 가겠다고 말이야."

우두둑! 파아아악!

로이스가 손에 힘을 주자 나칸의 목뼈가 부러짐과 동시에 그대로 그의 몸이 터져 나갔다.

"크아아아아아악!"

나칸은 처참한 비명과 함께 즉사했다. 그러나 그의 몸은 부서지기 직전 알 수 없는 빛에 휩싸여 어딘가로 사라졌다.

'부활하겠지.'

로이스 또한 나칸이 다시 살아날 것임을 알고 있었다. 그가 타락한 용자의 권속이 되었기 때문이다. 제라칸이 죽지 않는 한 나칸은 아무리 죽여도 다시 살아날 것이다.

그래서 로이스는 나칸 따위에는 별 관심이 없었다.

최대한 빨리 타락한 용자 제라칸을 없애 버리는 것이 관건이었다.

그리고 지금은 도주하는 적들을 몰살시키는 것이 우선이

고 말이다.

그러나 아무리 로이스라 해도 사방으로 도주하는 수만의 적들을 다 죽일 수는 없었다.

'센 놈들만 죽이자.'

그래야 미스토스를 많이 얻을 것이며 동시에 제라칸에게 더 많은 미스토스의 손실을 줄 수 있을 테니까.

팟! 파팟! 서걱! 촤아아악!

제라칸 휘하 지휘관급 장수들이 로이스의 일격에 머리가 날아가거나 몸이 두 쪽이 나 쓰러졌다. 그롤 군단의 지휘관들과 장로들인 매브왕들도 로이스의 눈에 띄는 족족 죽임을 당했다.

"크아아악!"

"끄아악!"

"꾸어어어억!"

암흑 결계가 아직 흩어지기 전이라 로이스의 비행 속도는 마계에서와 동일했다.

마왕의 날개를 장착한 로이스에게 암흑 결계는 물고기가 물을 만난 것과 다름없었다. 말 그대로 호랑이에게 날개를 달아 준 격이었다.

나칸으로서는 제 무덤을 판 것 아니겠는가.

'이젠 매브왕과 아즈검들만 죽이자.'

나칸을 비롯한 제라칸의 지휘관들이 전멸한 이상 리자드맨들 따위는 로이스의 관심에 없었다.

그보다는 아즈검과 매브왕을 사냥해 그것들의 사체를 아공간에 차곡차곡 넣어 두는 것이 더 중요했다.

단단한 아즈검의 껍질은 강력한 방어구를 만드는 데 유용하고, 매브왕 또한 내단과 가죽 모두 희귀한 재료들이었다. 아공간에 넣어 두었다가 칼리스에게 작업을 맡기면 될 것이다.

로이스가 암흑 결계에서 나칸을 죽이고, 제라칸 부대의 지휘관들을 쓸어버린 후 매브왕과 아즈검들을 모조리 해치워 버린 것은 매우 짧은 시간에 이루어진 일이었다.

그러다 보니 암흑 결계도 완전히 흩어지지 않은 상태였기 때문에, 아이리스 등은 그 안에서 무슨 일이 벌어졌는지 알지 못했다. 그저 우레 같은 굉음만 들려왔을 뿐이었으니까.

그러다 일순 암흑 결계가 완전히 흩어지며 하늘이 맑게 드러난 순간 모두들 경악한 표정을 지었다.

거대한 붉은 날개를 활짝 편 채로 상공에서 유유히 떠 있는 로이스의 모습을 발견했기 때문이다.

Chapter 2
총사 에디라스

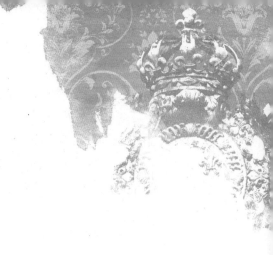

"아! 로이스 님!"

"우와! 로이스 님이시다!"

"와아아아아!"

아스피스 성을 둘러싼 타락한 용자의 부대를 단번에 괴멸시켜 버린 존재가 로이스임을 알게 되자 성안에서 환호성이 터져 나왔다.

성 밖의 마전함과 칼리스의 미스토스 용병들도 마찬가지였다.

"아, 로드! 때맞춰 와 주셨군요."

아이리스는 그제야 긴장이 풀리고 안심이 되는지 표정이

밝아졌다.

심력을 너무 많이 소모해 금세라도 쓰러질 것 같았는데, 상황이 완전히 해결되자 언제 그랬냐는 듯 다시 기운이 났다.

"대체 저 날개는 뭘까요?"

"로드께서 뭔가 대단한 걸 얻으신 게 분명해요."

굳어졌던 로디아와 루니우스의 표정도 환하게 펴져 있었다.

잠시 후 칼리스의 미스토스 용병들은 단 한 명의 희생자도 없이 그대로 돌아갔다. 아스피스 성이 안전한 걸 확인한이상 그들은 이곳에서 지체할 이유가 없었다. 때문에 그 즉시 칼리스의 동굴로 복귀한 것이다.

그사이 적의 공격으로 파괴됐던 아스피스 성의 성벽과건물, 시설들이 모두 말끔하게 보수되었다.

또한 성과 인근 일정 반경 이내에서 죽은 이들은 모두 부활했다.

모두 미스토스의 힘으로 가능한 것이었는데, 이들을 부활시키는 데 소모되는 미스토스는 매우 적은 터라 큰 부담이 되지 않았다.

물론 성 밖 멀리 나가 죽었다면 얘기가 달라진다.

그때는 미리 미스토스를 소모해 지정해 둔 이들만 부활

이 가능하기 때문이다. 용자의 기사들이나 미스토스 용병들이 대표적이었다.

따라서 아스피스 성안에 있는 이들은 아시엘이 전쟁에서 패배하지 않는 한, 수명이 다해 죽을 순 있어도 적의 공격으로 인해 죽는 일은 없는 것이다.

이번에 이러한 꿈같은 사실을 직접 체험하게 된 사르곤 제국 연합군의 병사들과 도시 루파인의 시민들은 환호했다.

특히 병사들은 앞으로 성을 지키는 과정에서 죽음을 두려워할 필요가 없음을 알게 된 터라 더욱 사기가 충천해졌다.

그러다 보니 오늘의 승리를 있게 한 로이스를 향한 함성과 환호가 그치지를 않았다.

"로이스 님! 당신이 최고입니다!"

"와아아! 로이스 님! 성을 지켜 줘서 감사해요!"

"무적의 기사 로이스!"

"최강의 용병 로이스!"

로이스는 여전히 상공에 둥둥 뜬 채로 만면에 미소를 짓고 있었다.

많은 이들에게 칭찬을 받는 것처럼 기분 좋은 일은 없으리라.

'후후후, 역시 날개를 장착하길 잘했어.'

날개가 없었다면 이렇게 성의 상공에 떠서 많은 이들의

환호를 받기란 불가능했을 것이다.

"이제 슬슬 내려가 볼까?"

그사이 성도 복구됐고 마전함도 범선에서 지상용 전차로 변신해 성안으로 들어왔다. 아시엘과 아이리스 등은 로이스가 내려오길 기다리며 내성의 광장에 모여 있었다.

"로이스 님!"

"로드!"

로이스가 광장에 서서히 내려서자 모두 반색하며 다가왔다. 아시엘이 미소 지었다.

"또 신세를 지고 말았네요. 도움을 주셔서 정말 감사해요."

"내가 늦지 않게 도착해서 다행이야. 원래 그롤들을 먼저 손봐 주려 했는데 마왕의 방해로 그 작전은 실패하고 말았거든."

그렇다. 만약 마왕 데세오가 로이스를 마계로 소환하지 않았다면, 나칸이 아스피스 성을 위기로 몰아넣을 일도 없었을 것이다. 이곳으로 오기도 전에 괴멸되었을 테니 말이다.

"마왕의 방해요? 마왕이 직접 나타났나요?"

"마왕 데세오 녀석이 날 직접 마계로 소환했어."

로이스의 말에 모두의 표정이 경악으로 물들었다.

"마계로 소환을 당해요?"

"정말이신가요, 로드?"

"그 후엔요?"

"대체 어떻게 돌아오셨습니까?"

아시엘과 타르파는 물론이고 아이리스 일행, 그리고 이 꼬트들, 그사이 모여든 카로드와 스위니 등도 모두 두 눈이 휘둥그레진 표정으로 로이스를 쳐다보고 있었다.

"얘기를 하자면 매우 길어. 하지만 그렇다고 얘기를 안 해 줄 수도 없겠지. 모두가 듣고 싶어 하니 말이야."

"물론이죠."

"듣고 싶어요, 로드!"

"어서 해 주세요."

다들 초롱초롱한 눈빛으로 로이스를 쳐다보고 있었다. 마치 고대 영웅에 대한 전설을 듣는 아이들의 눈빛과 흡사했다. 동경과 놀라움, 그리고 존경심이 가득한 눈빛.

이거야말로 로이스가 딱 바라던 그 분위기였다.

"사방이 캄캄한 공간에 피처럼 붉은 달이 떠 있는 곳. 거긴 데세오 녀석의 마계였어. 먼저 하얀 피부를 가진 오우거 녀석이 나타났지."

"머리에 붉은 뿔이 달린 그 괴상한 오우거 말이군요."

아이리스가 기억난다는 듯 말했다. 로이스는 끄덕였다.

"바로 그 녀석이야. 그런데 이번엔 환영이 아닌 진짜였어."

"그놈은 얼마나 강했나요, 로드?"

이번엔 루니우스가 눈을 빛내며 물었다. 마왕과 싸워 본 다는 건 그녀의 투지를 자극하는 일이었다. 아직 그녀의 능 력으로는 어림도 없지만 언제고 꼭 그렇게 강해지는 것이 소원이었던 것이다.

"의외로 약했어. 수호룡 이네르타 녀석보다도 못할 정도 였거든. 그런데 그놈은 그저 분신에 불과했고 진짜 본신은 따로 있었던 거야."

"그럴 수가!"

"세상에!"

모두가 경탄하는 모습을 즐겁게 바라보며 로이스는 언데 드들과 끝없이 싸운 일을 얘기했고, 계속해서 마궁으로 진 입해 32명의 마족을 물리친 후 마왕 데세오를 끝장낸 것까 지 모두 얘기했다.

"근데 다들 별거 아니었어. 마왕 녀석도 검으로 한두 대 치니까 그냥 죽었거든."

"……."

"……."

다들 마왕을 만나기 직전의 장면까지는 꽤 흥미진진하게 들었지만, 마지막으로 로이스가 마왕을 검으로 한두 대 치 니 죽었다는 얘기에는 쉽게 공감하지 못했다.

아니 공감은커녕 말을 잊었다.

'마왕이 그냥 검으로 한두 대 치니 죽었대.'

'아무리 로드라 해도 저건 말도 안 되는 소리야.'

'검은 무슨! 분명 주먹으로 때려죽였을 거야.'

마왕을 마치 무슨 지나가는 오크 하나 때려잡은 것처럼 말을 하니 그 누가 로이스의 말을 믿겠는가?

심지어 아린과 디안을 비롯한 이꼬트들조차 이건 왠지 아닌 것 같다는 표정을 짓고 있었다.

또한 모두는 몰라도 이 중 몇 명은 확실히 안다.

로이스가 최강의 전투력을 발휘하는 것은 맨손일 때라는 것을 말이다.

그런데 검으로 해치웠다니! 그것도 한두 방에?

말도 안 되는 소리였다.

그러나 로이스는 자신이 마왕 데세오에게 초주검이 되도록, 그것도 무려 두 번이나 당했다는 사실을 말할 수는 없었다.

하마터면 진짜로 죽을 뻔했다는 얘기도 말이다.

더구나 주먹으로 싸웠다는 얘기도 쏙 뺐다.

무기를 휘두르며 멋지게 해치웠다는 것을 유독 강조했다.

그러던 그는 슥 아시엘 등을 쳐다봤다.

"근데 다들 표정들이 왜 그래? 내 말을 못 믿는 눈치인 것 같은데?"

아시엘뿐만 아니라 아이리스 등의 표정도 뭔가 묘해 보였다. 라크아쓰와 이꼬트들 역시 멍한 표정을 짓고 있는 것이 로이스의 말을 믿는 것 같지 않았다.

그러나 눈치 빠른 아시엘이 잽싸게 고개를 끄덕여 주었다.

"안 믿긴요. 마왕을 검으로 그렇게 가볍게 물리치시다니 정말 대단해요."

"역시 넌 내 말을 믿는구나."

"그럼요. 그런데 그 뒤의 날개는 뭐죠?"

"마왕을 죽이고 얻은 거야. 어때?"

"좀 무섭게 보이긴 하지만 멋져요."

날개만 본다면 좀 무서운 게 아니라 사실 매우 공포스러운 것이 맞았다.

그냥 날개가 아니라 마왕의 날개였으니 오죽할까?

다만 로이스가 그것을 달고 있으니 그 특유의 밝은 분위기로 인해 자연스러워 보일 뿐이었다.

"솔직히 나도 마왕의 날개를 얻게 될 줄은 몰랐어. 이건 뜻밖의 수확이야."

"오우거는 죽어서 가죽을 남기고, 마왕은 죽어서 날개를 남긴다고 하죠. 역시나 듣던 대로군요."

"그런 말도 있었어? 후후, 마왕 녀석들도 아주 쓸모가 없는 건 아니군."

"그렇죠."

아시엘은 미소 지었다. 그냥 그녀가 그럴듯하게 떠올려서 지어낸 말인데 로이스는 매우 흥미진진하게 받아들이고 있었다.

"앞으로 날개를 많이 수집해야겠어. 그것들을 아공간에 넣어 두고 매일 다른 날개를 달고 다닐 생각이야."

그렇게 좋아하고 있는 로이스를 보며 아시엘은 정중하게 고개를 숙였다.

"아무튼 다시 한번 감사의 말씀을 드릴게요. 정말 고마워요, 로이스 님. 덕분에 큰 위기를 무사히 넘길 수 있었어요."

"고마우면 맛있는 요리를 만들어 줘. 지난번에 먹었던 그 요리. 어때?"

"거뜨볶음 말이군요."

"응. 이번엔 양을 좀 많이 해. 그땐 양이 너무 적었다고."

로이스가 불만스럽다는 듯 노려보자 아시엘이 밝게 웃었다.

"염려 마세요. 실컷 드실 수 있도록 많이 할게요."

그 말에 로이스는 흡족한 듯 미소를 지었다.

"그럼 난 릴리아나의 꽃밭에 가 있을 테니 언제든 요리가 완성되면 불러."

"네, 로이스 님. 맛있게 만들 테니 기대해 주세요."

아시엘은 고개를 끄덕였다. 그러자 로이스는 부하들과 함께 릴리아나의 꽃밭으로 향했다. 가면서 그들의 어깨를 다독여 주는 걸 잊지 않았다.

"내가 없는 동안 모두 고생 많았어. 덕분에 아스피스 성이 무사했던 거야. 이제 꽃밭에 들어가 푹 쉬도록 해."

"네, 로드."

로이스의 격려에 아이리스 등은 그간의 모든 피로가 사라지는 것 같았다.

*　　　*　　　*

화려한 금박으로 둘러싸인 원형의 밀실.

그 중앙에 위치한 마법진.

츠으으으!

그곳에 푸른색 빛무리가 일더니 한 노인이 쓰러진 채 나타났다.

"으으으……!"

노인의 안색은 창백했으며 그의 표정은 불안감으로 가득했다. 그는 비틀거리며 일어나려 했지만 그것도 쉽지 않았다. 간신히 몸을 일으켜 무릎을 꿇은 채 고개를 푹 숙였다.

스스.

그 순간 그 앞에 서늘한 인상을 가진 한 중년의 남자가 나타났다.

남색의 긴 머리카락에 노란색의 홍채를 가진 그 남자는 나칸을 차갑게 내려다봤다.

"나칸! 실망이로군. 이번에 그대로 인해 이곳 거점이 입은 피해가 얼마나 큰지 아는가. 그리고 내 누누이 말했지. 죽을 것 같으면 최대한 빨리 퇴각하라고. 그리하여야 이곳의 미스토스 소모가 적다고 말이야. 한데도 그대는 결국 막대한 미스토스를 소모시키고 말았다."

"면목 없습니다, 총사."

나칸이 풀 죽은 표정으로 머리를 조아리는 대상.

그는 용자 제라칸의 총사였다.

총사 에디라스.

그는 제라칸의 본성뿐 아니라 샤론 대륙 곳곳에 위치한 42곳의 거점 모두를 총괄했다.

본성엔 그의 본신이 있고 42곳의 거점에는 그의 분신이 있다 했다.

즉, 이곳 바룬 성에 있는 에디라스는 그 분신들 중 하나다.

사르곤 제국에서 대마법사에 이를 만큼 박식한 지식을 가졌던 나칸으로서도 에디라스의 그런 능력은 그저 신비롭기만 할 뿐이었다.

그런 만큼 나칸이 가장 두려워하는 존재이기도 했다.

그리고 총사의 뒤에서 말없이 서 있는 온화한 인상의 여인. 그녀는 용자 제라칸 휘하 유능한 기사 중 하나로 나칸의 직속상관이기도 한 발리나였다.

총사 에디라스의 추궁은 발리나에게도 이어졌다.

"발리나, 그대의 추천으로 나칸을 특별히 등용했는데 이 꼴이 무엇인가? 최근 지속적인 패전으로 바른 성의 미스토스가 대거 하락했다. 제라칸 님이 이 사실을 알게 되면 나 또한 추궁을 면치 못하게 된다."

발리나가 고개를 숙였다.

"염려 마소서, 총사. 나칸 경은 제가 잘 타일러 이후로 두 번 다시 오늘과 같은 일이 없도록 하겠습니다."

에디라스는 고개를 끄덕였다.

"발리나, 그간 그대의 많은 공을 생각해 이번은 특별히 넘어가도록 하겠다. 하나 또다시 오늘과 같은 일이 벌어지면 그땐 그 책임을 그대가 져야 할 것이다. 나로서는 모든 일을 제라칸 님께 보고드릴 수밖에 없음을 잊지 말라."

"명심하겠사옵니다."

발리나가 몸을 떨었다. 총사 에디라스가 비록 잔소리를 많이 하긴 하지만 그는 가능한 기사들을 감싸 주려고 하는 편이다.

그러나 용자 제라칸은 그와는 달리 무자비한 편이었다.

그는 몇 번의 기회를 주었는데도 계속 자신을 실망시키면 아무리 자신의 부하라도 곧장 없애 버릴 만큼 잔혹했다.

이것이 바로 제라칸의 눈 밖에 나는 것을 모두가 두려워하는 이유였다.

에디라스가 슥 나칸을 노려봤다.

"여러모로 실망이로군, 나칸. 그대가 아스피스 성의 용자인 아시엘에 대해 누구보다 잘 알고 있다기에 이번 전쟁은 기대가 많았다. 게다가 초마력대공간진까지 전수해 주었건만 패배하다니 말이야."

"갑자기 로이스 놈이 나타났습니다. 그놈만 나타나지 않았다면 아스피스 성은 이미 로드의 수중에 떨어졌을 것입니다."

패전의 책임을 이런 식으로 적이 너무 강해서 어쩔 수 없다고 말하는 건 비겁한 변명이지만, 지금은 어쩔 수 없었다.

사실 나칸은 억울했다. 그는 정말 최선을 다해 그롤 군단을 이끌고 아스피스 성을 점령 직전까지 몰아붙였기 때문이다.

그러자 에디라스의 눈매가 가늘어졌다.

"지금 내 앞에서 변명을 하는 건가?"

"변명이 아니오라 패할 수밖에 없었던 이유를 설명드리는 것이옵니다. 이후에 어떤 기막힌 작전을 펼친다 해도 그 로이스란 놈을 처리하기 전에는 절대 아스피스 성을 함락시킬 수 없을 것입니다."

나칸은 눈을 빛내며 말을 이었다.

"특히 그놈은 이번에 마왕의 날개를 어깨에 달고 나타났습니다. 확실히 알 수 없어 그저 추정할 뿐이지만, 어쩌면 그놈에 의해 마왕 데세오가 죽임을 당했을지도 모릅니다."

"무엇이!"

이에 놀란 이는 에디라스뿐이 아니었다. 발리나 역시 기막혀하는 표정으로 나칸을 노려봤다.

"그런 말도 안 되는 소리를 하다니 제정신인가요, 나칸 경?"

"저는 지극히 제정신입니다. 앞으로의 모든 전쟁은 로이스에 초점을 맞춰야 합니다. 물론 그놈과만 싸우라는 것이 아니라 모든 작전에 그놈의 움직임을 변수로 고려하지 않으면 어떤 불상사가 벌어질지 모른다는 뜻입니다."

에디라스와 발리나가 노려보는 와중에도 나칸은 물러나지 않고 계속 말을 이었다.

"그리고 저의 좁은 식견으로는 이곳 바룬 성도 위험합니다. 그놈이 마음을 먹으면 이 정도 성쯤은 혼자서도 점령할지 모릅니다."

초마력대공간진을 애들 장난처럼 부숴 버린 가공스러운

전투력의 소유자다.

이곳 바룬 성에 아무리 초강력한 방어진을 펼친다 해도 로이스를 물리치려면 일대일로 그와 싸워도 크게 밀리지 않을 만한 존재가 필요했다.

그러자 에디라스가 잠시 고심하는 표정을 짓더니 말했다.

"그대의 말을 듣고 보니 단순히 패전에 대한 변명을 위해 말을 하는 건 아니로군. 그대의 말대로 로이스가 마왕 데세오를 처치할 정도로 강하다면, 그놈을 변수로 고려하지 않았던 것이 가장 큰 실책일 것이다."

"그렇사옵니다."

"하나 이곳 바룬 성은 본성인 아페론 성을 제외하면 가장 미스토스의 힘이 강력한 곳 중 하나다. 다만 주변의 차원력이 매우 불규칙해 다른 거점들과 포탈을 연결할 수 없긴 하지만, 덕분에 자체 방어력이 매우 높아지는 터라 그러한 단점은 상쇄하고도 남는다. 그것이 무엇을 의미하는지 아는가?"

"그게······."

나칸은 사실 바룬 성에 그토록 강한 기운이 있는지 잘 모른다. 그는 얼마 전 사르곤 제국에서 스텔라에게 죽임을 당하기 직전에 이곳으로 소환된 후 정신없는 나날을 보냈기 때문이다.

에디라스가 차갑게 웃으며 말했다.

"그대가 반대로 생각하고 있어서 하는 말이다. 만약 그대의 말대로 그 로이스란 놈이 무모하기 짝이 없어서 이 바른 성을 공격해 온다면 그 날이 바로 그놈이 죽는 날이 될 것이다."

그 말에 나칸의 두 눈이 휘둥그레 커졌다.

"그럴 수도 있사옵니까?"

"이 성을 공격해 오는 이들은 인근에 흐르는 불규칙한 차원력의 흐름에 의해 한동안 제대로 된 전투력을 발휘할 수 없다. 마왕들도 예외가 아니지."

성을 향해 접근해 오는 순간 전투력이 하락하게 될 줄이야.

"한데 어찌 저희들은 무사한 것입니까?"

"그건 이 바른 성을 이루고 있는 특별한 미스토스의 기운 때문이다. 그대들은 일정 기간 그 특별한 미스토스의 기운에 노출되었기에 차원력의 이상 흐름에 저항력이 생긴 것이라 할 수 있지."

"특별한 미스토스라는 것도 있습니까?"

보통의 미스토스가 있고 특별한 미스토스가 따로 있는 것일까? 나칸이 고개를 갸웃하자 에디라스는 차갑게 웃으며 말했다.

"오래도록 바른 성의 외곽에 존재하는 이상한 차원력의

흐름에 적응된 미스토스의 기운이 변형되어 특별한 미스토스가 된 것으로 이는 매우 기괴한 현상이라 할 수 있다. 덕분에 이 성에 소속된 이들은 외곽 차원력의 이상기류에 아무런 영향을 받지 않는다. 하지만 외부의 존재는 누구라도 예외가 될 수 없다."

나칸이 놀란 듯 탄성을 질렀다.

"오오! 그렇다면 정말 천혜의 요새가 아닐 수 없군요."

"물론이다. 더구나 이곳 바룬 성에는 제라칸 님 휘하 기사 중 최강의 방어력을 보유한 가디언 발리나가 있다. 발리나는 단신으로 여러 명의 마왕과 맞서도 죽지 않을 만한 방어 능력을 가지고 있지."

에디라스는 나칸을 노려보며 말을 이었다.

"그런데 이 성안에서 발리나의 능력은 더욱 강력해진다. 유사시 미스토스 방어 결계가 무너진 상황에도 십여 명의 마왕과 싸워도 밀리지 않을 만큼 강한 방어력을 발휘할 수 있다는 뜻이다. 나칸 그대의 마법 또한 상대적으로 외부의 적에게 더욱 무서운 위력을 발휘할 것이다."

그 말에 발리나가 미소 지었다.

"총사께서 저를 그리 대단하게 말씀해 주시니 몸 둘 바를 모르겠군요. 하지만 장담컨대 수십 명의 마왕이 직접 공격해 와도 바룬 성은 절대 함락되지 않을 것입니다. 로이스란 녀석이 이곳을 단신으로 공격해 온다면 스스로 제 무덤을 파러 오는 격이지요. 혼자서는 도주조차 할 수 없을 테니까요."

에디라스가 의미심장한 미소를 지었다.

"더구나 로이스가 마왕 데세오를 처치했다면 굳이 우리 손으로 그와 싸우려 할 필요 없다. 마왕들이 그를 가만두지 않을 것이다."

"하지만 마왕들은 지금 불칸을 부활시키려 혈안이 되어 있는 터라 쉽게 움직이지 못하니 문제예요."

"일리 있는 말이다. 그렇다고 마왕들이 움직일 때까지 그놈을 그대로 놔둔다면 우리의 계획에 차질을 빚겠지."

그러자 발리나가 눈을 빛냈다.

"그럼 어떤 식으로든 로이스를 도발해 이 성을 공격하게 만들어 보는 게 좋겠어요. 나칸 경에게 다시 한번 기회를 주는 게 어떨까요?"

순간 나칸의 안색이 환해졌다.

"기회만 주신다면 반드시 그놈을 이곳으로 끌어들이겠 습니다. 다른 건 몰라도 그쪽은 자신 있습니다."

"무슨 복안이 있는 건가?"

에디라스가 묻자 나칸이 자신 있게 고개를 끄덕였다.

"제가 겪어 본 바 놈은 독불장군과 같은 성격을 갖고 있 습니다. 자존심을 건드리면 물불을 가리지 않고 달려들겠지요."

"그놈의 자존심을 건드릴 수 있겠나?"

"그런 일은 저의 전문입니다. 다만 한 가지 의문이 있습니다."

"말해 보라."

"어차피 로이스 놈을 끌어들여 죽여 봤자 그놈 또한 다시 부활하지 않겠습니까? 그 정체가 미스토스 기사인 이상 그놈의 생명을 보호하는 수호자를 해치우지 않고는 완전히 죽일 수는 없는 것으로 알고 있습니다만."

그러자 에디라스가 고개를 끄덕였다.

"그건 그대 말이 맞다. 그래서 우리가 그놈을 제압한 즉시 소환되지 않도록 봉인해야 한다."

"봉인이라 하셨습니까?"

"미스토스의 힘으로 봉인해 두는 것이다. 그럼 그 상태로 놈은 아무런 힘도 쓰지 못한 채 잠들어 있게 된다. 수호자도 그를 소환하지 못하지."

"그런 게 가능하다니 놀랍습니다."

"단, 그것을 유지하려면 적지 않은 미스토스가 소모된다. 하지만 로이스 같은 놈을 봉인하는 거라면 그 정도는 감수해야 할 것이다. 우리가 그사이 아스피스 성을 점령하고 놈의 수호자를 찾아 해치워 버릴 수만 있다면 놈을 완전히 죽이는 것도 가능하겠지."

"흐흐흐, 그럼 그놈을 도발해 끌어들이기만 하면 만사가 해결되는 것이군요. 그 일은 제가 반드시 해낼 테니 염려 마십시오."

"좋아. 그대가 그 일을 성사시키면 이번 패전에 대한 모든 책임을 면하게 될 것이다. 수단과 방법을 가리지 말고 그놈을 이곳으로 끌어들여라."

"예, 총사."

나칸의 입가에 의미심장한 미소가 맺혔다.

       *   *   *

"로이스 님! 드디어 돌아오셨군요."

로이스가 나타나자 릴리아나가 반색했다. 로이스는 의기양양하게 웃으며 말했다.

"내가 뭘 한 줄 알아, 릴리아나?"

"마왕을 해치우셨더군요. 축하드려요."

"뭐야? 이미 알고 있었어?"

로이스는 왠지 김빠진 듯한 표정을 지었다. 이런 건 자신이 직접 말하고 릴리아나가 깜짝 놀라며 좋아해야 한다. 릴리아나가 그렇게 놀라는 모습을 기대하며 꽃밭에 들어왔는데, 이미 오래전부터 알고 있었다는 듯 담담한 표정이라니.

'아, 그렇지.'

로이스는 그사이 마왕의 붉은 날개를 탈착해 아공간에 넣어 둔 터였다. 아스피스 성 내부에서는 굳이 번거롭게 날개를 달고 다닐 필요가 없기 때문이다.

착.

곧바로 날개를 꺼내 어깨에 장착한 로이스는 릴리아나의 놀라는 표정을 기대했다.

"어때?"

"멋지군요. 그게 마왕의 날개인가요?"

"후후, 맞아. 이걸 달면 하늘을 마음대로 날아다닐 수 있거든."

실제로 로이스는 허공으로 떠올라 결계 안을 빠르게 한 바퀴 돌고 내려섰다.

"와아!"

"오오!"

그러자 릴리아나뿐 아니라 아이리스 등도 탄성을 질렀다.

그러나 릴리아나의 표정은 어딘지 모르게 어색했다. 로이스가 돌아온 것을 크게 기뻐하면서도 한편으로는 약간 불안해하는 기색이랄까?

그 이유는 로이스가 꽃밭 중앙에 있는 궁전으로 들어가

고 나서 밝혀졌다.

길게 펼쳐진 기억의 복도에 새로 생겨난 그림들.

거미줄 올가미 낚시로 머메이드 타샤의 펫들을 낚아채는 장면.

수호룡 이네르타를 혼내 주고 있는 장면.

용자 칼리스와 집사 이네르타에게 수련을 시켜 주는 장면.

마계로 소환되어 붉은 뿔의 백색 오우거를 쓰러뜨리는 장면.

언데드 용자들과 맞서던 장면.

아스피스 성을 둘러싼 초마력대공간진을 뚫고 들어와 나칸을 해치우는 장면 등등.

모두 로이스에게 인상적인 추억이 될 만한 장면들이 움직이는 그림으로 나타나 복도에 쭉 걸려 있었다.

심심할 때 한 번씩 이곳 기억의 복도를 거닐며 그림들을 보는 것도 매우 흥미로운 일이리라.

그러나 문제는 하나의 그림이었다.

그것은 로이스가 마왕 데세오와 32명의 마족에게 둘러싸여 처참한 모습으로 전투를 벌이는 장면이었다.

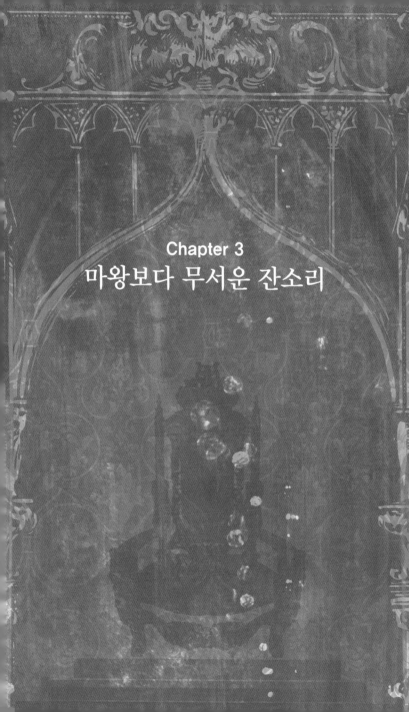

Chapter 3
마왕보다 무서운 잔소리

번쩍! 번쩍! 번쩍—!

촥! 촤악! 촥촥촥촥!

데세오의 윙 블레이드 공격이 끝없이 이어졌고 그때마다 로이스의 몸에서는 피가 계속 뿜어져 나왔다.

그러나 어느 순간부터는 더 이상 나올 피도 없는지 참혹하게 살과 뼈가 갈라지는 소리만 들릴 뿐 피도 튀지 않았다.

그런 상황에서도 로이스는 쓰러지지 않고 데세오와 맞서고 있었으니.

결과적으로 로이스가 모두를 해치우고 승리하긴 했지만 누구라도 저 그림의 장면들을 지켜보면 마음을 졸일 수밖에 없으리라.

그래서일까?

"흑! 흑흑! 정말 너무해요. 로이스 님!"

뒤에서 따라오던 릴리아나가 갑자기 울기 시작했다.

로이스는 흠칫 놀라 그녀를 쳐다봤다.

"왜 우는 거야? 내가 뭘 너무했는데?"

"대체 왜 소환을 거부하신 거죠? 자칫하면 로이스 님은 죽을 뻔했다고요."

"그게 그러니까……."

"마왕이야 나중에 더 강해져서 상대하면 되잖아요. 그깟 마왕 하나 때문에 목숨을 건 모험을 할 필요가 있어요?"

"하하, 모험이라니. 애초부터 데세오 녀석은 별거 아니었어. 저걸 보면 내가 당하는 것처럼 보이지만 사실 내가 일부러 그런 척한 것뿐이야. 데세오 녀석이 방심하게 만들기 위해서였다고."

"로이스 님!"

릴리아나는 기막힌 듯 로이스를 노려봤다. 로이스는 씩 웃었다.

"저거 봐. 결국 데세오 녀석이 처참하게 죽잖아. 덕분에

난 엄청나게 강해졌어. 이젠 데세오 같은 녀석쯤은 여러 명이 동시에 덤벼도 이길 수 있을 거야."

"저도 그렇게 생각하려 했어요. 결과적으로 승리했으니 잘됐다 싶었고요. 하지만 그때 생각만 하면 지금도 정신이 아득해져요. 만에 하나 패배했다면요. 그땐 로이스 님이 정말로 죽을 수도 있었어요."

"걱정 마. 난 마왕 따위에게 패배하지 않아. 이번 전투로 엄청나게 강해졌거든."

"로이스 님은 장차 미스토스 군주가 되실 분이에요. 때론 후일을 기약하실 수도 있어야 해요."

"응, 그건 그렇지."

"이제 로이스 님은 혼자가 아니에요. 저도 그렇지만 아이리스 등을 비롯한 부하들의 운명도 모두 로이스 님께 달려 있어요. 또한 용자 아시엘과 칼리스도 마찬가지죠. 로이스 님이 죽고 없으면 모두가 타락한 용자와 마왕들의 먹잇감이 되고 말 거예요. 그뿐이 아니에요. 대마왕 불칸이 부활하게 되면 어떻게 될까요? 대체 누가 있어 그를 막을 수 있을까요?"

"그런 일은 벌어지지 않으니 염려 마."

듣고 보니 정말 섬뜩한 일이긴 했다. 로이스 자신이 죽는 것도 문제지만, 그 이후에 남아 있는 이들에게 벌어질 끔찍한 일은 상상을 초월할 만큼 무서운 재앙인 것이다.

그 후로도 릴리아나는 더욱 상세하고도 많은 이유를 하나하나 짚어 가며 로이스에게 다짐을 시켰다.

"……그러니까 앞으로는 좀 자존심이 상하더라도 제가 소환하면 꼭 응하셔야 해요?"

"응응, 물론이야. 무조건 응할 테니 걱정 마."

로이스는 고개를 마구 끄덕였다. 릴리아나의 말이 맞기 때문도 있었지만, 여기서 토를 달게 되면 또 얼마나 끝없는 잔소리가 이어질지 상상이 안 가기 때문이었다.

'으으! 이건 마왕과 싸우는 것보다 더 피곤해.'

그런데도 릴리아나는 안심이 안 되는지 다시 처음부터 시작할 기세였다. 로이스는 잽싸게 화제를 돌렸다.

"잠깐! 그보다 돈은 얼마나 모였어?"

"돈이요?"

"내가 칼리스의 용병이 되면서 얻은 축복이 있거든. 빛나는 베카와 가디의 축복이라는 건데, 몬스터를 죽일 때마다 베카가 너의 창고에 쌓이게 된다고 했어."

"아, 맞다!"

릴리아나가 돌연 환호했다. 깜빡했다는 듯 그녀는 머리를 치더니 이내 만면에 미소를 흠뻑 머금은 채 좋아하는 표정을 지었다.

"지금 얼마나 모였는지 아세요?"

"나야 모르지. 그래도 꽤 쌓였을걸?"

"놀라지 마세요. 무려 14,970,567베카 548가디예요."

"……?"

로이스는 잠시 멍해졌다.

"얼마라고?"

"14,970,567베카 548가디요. 그러니까 어림잡아 1500만 베카 정도 된다는 뜻이에요."

1500만 베카란다!

"그럼 외상값은 충분하겠군."

"그 정도가 아니죠. 외상값은 이미 갚았어요. 그 백 배도 넘은 돈을 버셨잖아요."

"하하하! 그렇구나."

마전함의 재료로 들어간 12만 베카에 해당하는 외상값을 갚기 위해 매브왕의 내단을 구하려 얼마나 애썼는가.

그런데 그 백 배도 넘는 돈을 벌었으니 릴리아나가 저리 좋아하는 것이 이해가 갔다. 사실 로이스도 릴리아나가 크게 좋아할 거라 예상하긴 했지만, 설마 돈이 그토록 많이 쌓였을 줄은 몰랐다.

'역시 마왕을 해치웠던 것이 컸어.'

마족도 32명을 연달아 해치웠다. 또한 데세오의 분신도 해치웠고, 언데드 용자 패거리도 무수히 쓰러뜨렸으니!

저 중 대부분은 마계에서 로이스가 벌어들인 것이 아니겠는가.

하지만 로이스의 부하들이 벌인 활약도 무시할 수 없다.

인어국을 노리는 마족들의 공격을 모두 물리쳤으니, 그 과정에서 적지 않은 돈을 벌어들였을 것이다.

"우리 이제 부자 된 거 맞아?"

"맞아요."

"근데 그 돈으로 뭐 하지?"

"글쎄요. 뭐든 다 할 수 있겠죠."

돈이 너무 많아도 문제인 것일까? 릴리아나도 선뜻 뭘 해야 할지 생각을 못하는 것 같았다.

"아이리스 등에게 좋은 장비를 사 주는 게 어때? 그래야 강적이 나타나도 쉽게 죽지 않을 거야."

"그렇긴 하지만 주름 상인들이 파는 물건들은 좋아 봤자 희귀 등급이에요. 영웅 등급이 간혹 나오긴 하지만 가격에 비해 그다지 좋은 성능도 아니거든요."

"그럼 로디아에게 물어봐. 로디아라면 그 돈을 어디에 쓸지 아주 잘 생각해 낼 거야. 어쩌면 재료를 모아 좋은 장비나 도구를 만들 수도 있잖아. 마전함 같은 거 말이야."

"좋은 생각이에요."

릴리아나도 옳다 생각했는지 고개를 끄덕였다. 로이스는 아공간에서 봉인된 마력의 구슬 32개를 꺼내 건넸다. 데세오의 마계에서 마족들을 해치우고 얻은 것들이었다.

"심심할 때 이것들의 봉인도 풀어 봐."

"와! 많군요."

"파괴의 마력석이 많이 나오면 좋을 텐데."

"그보다는 투혼의 마력석이 나오는 게 더 좋아요. 사실 로이스 님에게 이제 무기의 위력은 그다지 의미가 없거든요."

"무슨 소리야? 난 검으로 마왕을……."

그 말을 하려다 로이스는 말문이 막혔다. 하필 또 그림에서 로이스가 데세오를 주먹으로 처참하게 때려죽이는 장면이 이어지고 있었기 때문이다.

마왕 데세오가 윙 블레이드를 펼쳐 최후의 일격을 가해 왔지만 로이스는 그것을 가볍게 피한 후 주먹을 날렸다.

퍼억! 퍼어억—!

그것이 끝이었다. 전력을 다해 후려친 로이스의 주먹에 가격당하는 순간 데세오의 머리와 몸체가 그대로 터져 버렸다.

"쿠아아아아아악—!"

처참한 비명과 함께 데세오의 부서진 몸체가 그대로 먼지로 화해 흩어졌다.

릴리아나가 그것을 빤히 바라보고 있는데 차마 그 앞에서 검으로 마왕을 해치웠다는 말을 할 수는 없었다.

릴리아나가 빙긋 미소 지었다.

"하지만 지금 돈이 문제가 아니에요. 미스토스도 무려 2천 카퍼스가 넘게 쌓였거든요."

"그건 나도 알아. 마왕 녀석을 죽이니까 단번에 1천 카퍼스가 쌓이던걸."

미스토스의 총량은 로이스도 언제든 볼 수 있었다. 릴리아나가 한숨을 내쉬었다.

"실은 마왕을 해치우실 때 돈도 1천 만 베카가 들어왔죠."

"위험한 만큼 보상도 큰 거겠지. 하지만 앞으로는 무리하지 않을 테니 염려 마."

혹시라도 또 잔소리가 시작될까 봐 로이스는 재빨리 미리 말했다. 릴리아나가 미소 지었다.

"로이스 님을 믿겠어요."

"후후, 물론이야. 어쨌든 나 때문에 칼리스 녀석도 꽤 덕을 봤겠는걸. 최소 1천 카퍼스 이상 미스토스를 쌓았을 테니까."

"그건 아니에요. 용자가 외부의 용병들을 통해 최대로 얻을 수 있는 미스토스는 100카퍼스 정도거든요. 그 이상부터는 아주 미량씩만 상승하게 돼요."

"그래?"

"네, 로이스 님과 달리 용자 칼리스는 대략 100카퍼스 남짓만 얻었을 거예요. 하지만 그 정도만 해도 아스피스 성과 비슷한 규모의 성을 세우고도 남을걸요."

"그렇군. 왠지 아쉬운걸."

로이스는 칼리스가 더 많은 미스토스를 얻어 막강한 요새를 세웠으면 했기 때문이다.

"어쩔 수 없는 일이에요. 아시엘도 로이스 님으로부터 100카퍼스 이상은 얻지 못했거든요. 그 이상은 그녀와 그녀의 기사들이 해야 할 몫이에요."

"그럼 이만 가서 용병 계약을 해지해야겠어."

베카의 축복이 아깝긴 하지만 그래도 무의미한 용병 계약을 계속 유지할 수는 없는 일이었다. 칼리스를 위해서도 말이다.

그때 릴리아나가 물었다.

"참 혹시 꽃밭을 옮길 만한 장소는 찾아보셨나요?"

"아직 없었어. 기왕 옮기려면 고대 용자의 성터 같은 곳이 적당할 텐데."

"웬만한 고대 용자의 성터는 이미 타락한 용자 측에서 거점 성으로 만들어 놨을 거라 발견이 쉽지 않을 거예요."

"거점 성? 그렇지 않아도 피론 호수 동쪽에 있는 제라칸 녀석의 거점 성을 노리고 있었거든. 거길 부수고 씨앗을 심는 게 좋겠어."

미스토스 지도를 통해 보면 꽤 먼 곳에 위치해 있었다.

방대한 호수의 동쪽 끝 편.

호수와 경계를 이룬 산의 정상에는 거대한 성이 있었다.

지도에 표시된 이름은 바룬 성이었다.

릴리아나는 그곳을 잠시 뚫어져라 살펴보더니 고개를 끄덕였다.

"저런 곳으로 꽃밭의 결계가 옮겨가면 요새를 만드는 것도 가능하겠군요. 대규모 미스토스 정령 부대를 양성하는 것도 가능할 거예요."

"그렇다면 더더욱 점령해야지."

"하지만 그런 만큼 점령이 쉽지 않을 거예요. 만만하게 생각했다간 낭패를 볼 수도 있어요."

"염려 마. 난 적을 만만하게 생각해 본 적 없으니까."

로이스는 어떤 적이든 얕잡아 보지 않는다. 두려워하지 않을 뿐이다.

                    *   *   *

다음 날 아침.

로이스는 마침 다켈과의 수련을 마친 후 낚시를 했다.

이는 꽃밭에 있으면 자연스레 하게 되는 그의 일과였다.

그런데 오늘은 낚시를 하면서 계속 뭔가를 생각 중이었다.

'길게 끌 것 없어. 오늘 바로 바룬 성을 향해 출발해서 그곳을 점령하자.'

혼자서 가도 충분할 것이다. 바룬 성을 얕잡아 보는 것이 아니라 공연히 부하들을 고생시키기 싫어서였다.

마왕의 날개도 얻었으니 굳이 마전함을 타고 갈 필요도 없는 상황이었다. 하늘을 날아서 성을 공격할 예정이니 공성전 같은 것도 펼칠 필요가 없었다.

정령 퓨리와 라샤만 날개에 태우고 가면 위치를 찾는 건 어렵지 않을 것이다.

전속력으로 가서 바룬 성을 쓸어버리고 그곳에 릴리아나의 씨앗을 심으면 결계가 알아서 이동된다고 하니 번거롭게 여럿이 움직일 필요가 없으리라.

'가는 길에 칼리스 녀석이 잘 있는지 한번 만나 보고 용

병 계약도 해지하는 게 좋겠지.'

그런데 그때 아이리스가 그를 찾아왔다.

"로드!"

"아침부터 무슨 일이야?"

"드릴 말씀이 있어서요."

"그래? 그렇지 않아도 네게 뭘 물어보려고 했는데 잘 왔어, 아이리스."

"그럼 먼저 로드께서 말씀해 보세요."

"나는 곧 타락한 용자의 거점 성인 바룬 성을 공격할 거야. 하지만 그 성에 대해 별로 아는 게 없어. 너라면 뭔가 알아낸 것이 있겠지? 아주 작은 거라도 뭐든 말해 봐. 그럼 내게 도움이 될 거야."

로이스는 아이리스가 워낙 기발한 생각을 많이 하니 혹시나 싶어서 물어봤다. 별거 아닌 작은 것이라도 의외로 큰 도움이 될 수 있을 테니까.

"아, 역시 그러셨군요."

아이리스의 안색이 살짝 굳어져 있었다. 무엇 때문인지 그녀는 긴장한 기색이었다.

"실은 저도 아침에 일어나 그곳, 바룬 성에 대해 생각하고 있었어요."

"그래? 뭐 좀 알아냈어?"

"특별한 건 없어요. 다만 절대 로드 혼자서 그곳을 공격하면 안 될 것 같아요."

"나 혼자서 가면 안 된다고?"

"네."

로이스는 인상을 살짝 찌푸렸다.

"이유가 뭐지? 왜 나 혼자 가면 안 된다는 거야?"

"저도 모르겠어요. 그 이유를 알아내려고 계속 눈을 감고 명상 중이었거든요. 그런데 그 성을 강력한 미스토스의 기운이 두르고 있는 터라 자세히 볼 수가 없어요. 뭔가를 더 파악하려면 며칠 정도 시간이 필요해요."

"그냥 느낌일 뿐이잖아. 별거 아닐 수도 있어."

"그렇지 않아요, 로드."

이미 로이스의 성격을 잘 파악한 아이리스였다. 눈치만 봐도 로이스가 오늘 혼자 조용히 출전하려 한다는 것을 알 수 있었다.

"솔직히 말씀해 보세요. 제 말이 아니었으면 오늘 바로 혼자 출전하실 생각이었죠?"

로이스는 흠칫했다.

"그걸 어떻게? 넌 눈치도 빠르구나."

"바룬 성은 매우 위험한 곳이 분명해요. 그곳을 떠올리기만 해도 심장이 쿵쿵 뛰며 위험 신호를 보내거든요. 부탁이니 며칠만 기다려 주세요. 제가 어떻게든 좀 더 자세한 이유를 알아내 보겠어요."

"……."

"로드! 아시겠죠?"

"……."

"제발요. 혼자 가시면 안 돼요!"

"알았어. 염려 마."

로이스는 어쩔 수 없다는 듯 씩 웃으며 고개를 끄덕였다. 아이리스가 이토록 극구 만류하는 데는 분명 이유가 있을 것이다. 그렇다면 며칠 정도 기다려 보는 것도 나쁠 건 없었다.

'그 사이 칼리스 녀석에게나 다녀와야겠군.'

그렇게 로이스의 출전을 만류한 아이리스는 다시 집으로 돌아가 전략가의 두루마리를 살펴봤다.

혹시라도 이 순간 뭔가 도움받을 것이 있나 해서였다.

그러나 별다른 소득은 없었다.

그녀는 곧바로 꽃밭을 나가 아시엘을 찾아갔다.

아시엘은 아스피스 성을 복구한 후 병사들과 도시 루파인의 시민들을 안심시키느라 정신없어 보였다. 그래도 아이리스가 접견을 요청하자 흔쾌히 시간을 내 주었다.

"어서 오세요, 아이리스 님."

"갑자기 찾아와서 죄송해요. 실은 긴히 부탁드릴 일이 있어 찾아왔어요."

"괜찮으니 어서 말씀해 보세요."

"타락한 용자 제라칸의 거점 성인 바룬 성에 대한 정보를 수집 중이에요. 로드께서 조만간 그곳을 치려고 하시거든요."

그러자 아시엘이 반색하며 말했다.

"그건 저희로서도 바라던 바예요. 그에 관한 건 어떤 일이든 다 협조할 테니 뭐든 말씀해 보세요."

로이스가 바룬 성을 무너뜨리면 아스피스 성은 그만큼 안전해질 것이다. 지금 아스피스 성을 위협하는 적은 마왕이 아닌 타락한 용자 제라칸의 세력이었으니까.

아이리스가 눈을 빛냈다.

"이곳 감옥에 제라칸의 부하가 하나 잡혀 있다고 들었어요. 그가 지금도 그곳에 있나요?"

"다크 엘프 하르켄을 말하는 것이로군요. 그는 바룬 성의 위치를 말해 준 것 외에는 전혀 입을 열지 않았어요. 타르파 총사가 꽤 혹독하게 심문을 해 봤지만 소용이 없었죠."

"제가 한번 그를 만나 봐도 될까요?"

"어렵지 않죠."

아시엘이 고개를 끄덕이자 타르파가 즉시 아이리스를 안

내했다.

"저를 따라오십시오. 비록 힘을 쓰지 못하게 봉인해 두긴 했지만 위험한 녀석이라 조심해야 합니다."

"그는 타락한 용자 제라칸의 기사인데 어떻게 잡아 두고 있나요?"

그러자 타르파가 돌연 한숨을 내쉬었다.

"그놈이 죽으면 바룬 성으로 돌아가서 부활하겠죠. 그것을 막기 위해 우리도 미스토스를 적지 않게 소모하고 있으니 문제입니다. 자결을 하지 못하도록 조치도 해 뒀고요."

"미스토스를 들여 그를 잡아 두고 있는 거군요."

"그렇죠. 하지만 더 이상 알아낼 것도 없는 것 같으니 지금 아이리스 님의 심문이 끝나면 그냥 해치워 버릴 생각입니다. 그럼 그놈을 부활시키느라 바룬 성의 미스토스가 꽤 소모되겠죠."

그것 외에는 별달리 실익이 없는 일인 것이다.

그사이 타르파와 아이리스는 지하 감옥의 계단을 다 내려와 거대하고 육중해 보이는 철문 앞에 섰다.

이곳은 지하 감옥의 다른 수용자들과는 별도로 분리된 특수 감옥으로 현재는 단 한 명만 수감되어 있었다.

철컹! 끼이이익!

안으로 들어가자 철창 안에 봉두난발된 사내 하나가 고

개를 푹 숙인 채 앉아 있었다.

다크 엘프 하르켄.

그의 두 팔은 양쪽으로 쫙 펼쳐진 채 각각 벽에 묶여 있었고 전신에는 거미줄 같은 채찍 자국이 가득했다. 타르파에 의해 혹독한 심문을 당한 흔적이었다.

그래서일까? 아이리스는 타르파를 다시 봤다.

순진해 보이는 인상이지만, 적에게는 매우 잔혹한 일도 서슴지 않는다는 것을 새삼 느낀 탓이다.

하긴 용자의 총사라면 당연히 그래야 하리라.

아니 지금보다 더 독하고 강해져야 할 것이다.

"크으으…… 난 아무것도 모른다. 또 뭘 알아내려는 건가?"

그때 하르켄이 타르파를 노려봤다. 그는 말을 할 수는 있지만 주문을 외우거나 혀를 깨물 수는 없었다. 모두 타르파가 조치해 둔 것이었다.

물론 용자의 기사라면 절대 혀를 깨물어 스스로 자결하는 짓은 하지 않는다.

적에게 죽임을 당하는 건 미스토스로 부활이 가능해도, 스스로 목숨을 끊는 경우에는 미스토스의 부활이 불가능하기 때문이다.

그러나 고문이 너무 고통스러워 부활조차 포기한 채 스

스로의 목숨을 끊는 경우도 없지 않기에, 자결을 방지하는
건 필수였다.

스윽.

아이리스는 하르켄을 말없이 잠시 쳐다봤다. 아무런 질
문도 하지 않고 물끄러미 그렇게 쳐다만 보고 있자 하르켄
은 물론 총사 타르파도 어리둥절한 표정을 지었다.

그러나 아이리스의 표정이 워낙 진지해 타르파는 잠시
지켜보기로 했다. 결국 참다못한 하르켄이 불쑥 아이리스
를 노려보며 물었다.

"너는 왜 아무것도 물어보지 않지?"

"물어보면 대답해 줄 것인가?"

"크크, 아는 것이 없는데 뭘 대답하겠느냐. 백날 물어봐
도 소용없을 것이다."

하르켄은 무슨 고문을 한다 해도 자신에게 아무것도 알
아내지 못할 것임을 강조했다.

그러자 아이리스가 묘한 미소를 띠며 말했다.

"그럼 어쩔 수 없군. 아무것도 묻지 않겠다."

"호호, 포기가 빠르군. 현명한 판단이다. 난 그 어떤 것
도 말하지 않을 테니까."

"대신 넌 내가 나간 이후 처형될 거야."

"뭐, 뭐라고?"

하르켄이 움찔 놀랐다. 그런 그의 표정을 하나도 남김없이 살핀 아이리스는 회심의 미소를 지었다.

통찰의 눈이 주는 직감.

'이자는 지금 돌아가는 걸 두려워하고 있어.'

무슨 이유인지 모르지만 하르켄은 이대로 처형되어 바룬 성에서 부활하는 걸 극도로 두려워하고 있었다.

그가 진정 용자의 기사라면 차라리 당당하게 죽어 부활하는 것이 맞는 일인데, 왜 그것을 꺼려하는 것일까?

'어쩌면 그런 이유일지도 모르겠구나.'

아이리스는 어려서부터 황궁 안에서 벌어진 각종 비열한 음모나 공작들을 지켜봐 왔다. 그래서인지 사람들의 심리에 대해서도 잘 알았다.

특히나 두려움에 떨고 있는 이들의 심리.

'돌아가는 걸 두려워하는 이유는 둘 중 하나야. 돌아갈 곳이 없거나, 아니면 돌아가더라도 문책을 심하게 당하거나.'

전자는 아닐 것이다. 수많은 거점 성을 가진 제라칸에게 자신의 기사 하나 되살릴 만한 미스토스가 없을 리 없기 때문이다.

따라서 후자가 답이었다.

그렇게 따져 보니 지금 하르켄의 입장이 모두 이해가 갔다. 저 불안해하는 표정에는 짙은 절망도 어려 있었던 것이다.

생각이 정리된 아이리스는 차분히 미소 지으며 입을 열었다.

"그에게 더 이상 충성을 바쳐 봤자 돌아오는 건 혹독한 추궁일 뿐인데, 뭣 하러 의리를 지키는 거지?"

"무, 무슨 말이냐?"

"넌 돌아갈 곳이 없다, 하르켄. 돌아가 봤자 그간의 패전에 대한 책임을 물어 처참하게 처형당하겠지. 타락한 용자 제라칸에게 관용을 바랄 수는 없기 때문이야. 그는 자신의 부하들이라 해도 전쟁에서 패배하면 용서하지 않는 비정한 마음을 갖고 있잖아. 마왕들처럼 말이야."

"으으…… 다, 닥쳐라!"

하르켄은 아이리스를 찢어 죽일 듯 노려봤지만 꽤 당황하는 기색이었다. 그것을 본 타르파의 두 눈이 번뜩였다.

'아이리스 님의 말이 사실인가 보군.'

그동안 그가 심문할 때마다 하르켄은 그를 조롱하기만 했다. 어서 자신을 죽이라며 도발하기도 했다.

'크크큭! 어서 날 죽여라. 바룬 성에서 부활하는 즉시 다시 대군을 이끌고 와서 아스피스 성을 초토화시킬 것이다. 그때 총사 네놈을 가장 잔혹하게 죽일 것이다!'

그런 식으로 자신을 죽이면 반드시 복수할 것이라는 식으로 말해 왔던 하르켄이 실상은 속으로 두려워 떨고 있었던 것이 분명했다.

타르파가 정말로 자신을 죽일까 봐 말이다.

그런 하르켄의 내심을 단번에 꿰뚫어 본 아이리스의 능력에 타르파는 감탄을 금치 못했다.

그때 아이리스는 여전히 차분한 미소를 잃지 않고 말했다.

"거두절미하고 말하겠다, 하르켄. 더 이상 제라칸 따위에게 의리를 지키지 말고 바룬 성에 대해 네가 아는 걸 모두 말해라. 그럼 네가 이곳에서 편히 살 수 있도록 모든 배려를 아끼지 않겠다."

"무, 무슨 헛소리냐? 나보고 배신을 하라는 것인가?"

그러자 아이리스가 싸늘히 웃었다.

"후훗, 배신이라? 넌 이미 그런 것 따윈 아무런 의미가 없다는 걸 잘 알고 있어. 정말로 그자를 위해 죽고 싶은 거야? 그럼 지금 당장이라도 죽여 줄 수 있어."

그러자 타르파가 짙푸른 빛이 나는 검을 뽑아 들었다.

스릉.

그는 삭막한 눈빛으로 하르켄을 내려다봤다.

"아이리스 님의 말대로입니다, 하르켄! 그렇지 않아도

난 당신과 실랑이를 벌이는 것에 지쳤습니다. 참고로 오늘이 바로 당신의 처형일입니다. 아시엘 님도 처형을 승인하셨습니다. 당신과 다시 적으로 만난다 해도 더 이상 무의미하게 미스토스를 소모하며 여기에 잡아 둘 이유가 없기 때문이지요."

"으으…… 제, 제길! 난 죽고 싶지 않아."

하르켄은 몸을 떨었다. 타르파가 회심의 미소를 지었다.

"그러나 우리에게 협조하면 당신이 원하는 삶을 살 수 있도록 최대한 배려하겠습니다."

아이리스가 말을 이었다.

"아스피스 성이 마음에 들지 않으면 라키아 대륙에서 살 수 있게 해 주겠다. 원한다면 사르곤 제국의 귀족 작위와 영지를 내줄 수 있다. 물론 하급 귀족에 작은 영지겠지만, 그래도 여생을 편히 사는 데는 부족함이 없을 것이다."

"정말로 그런 것도 가능한 것이냐?"

하르켄의 두 눈이 커졌다. 아이리스가 미소 지었다.

"물론이다. 난 사르곤 제국 황제 폐하의 여동생이니 그런 것쯤은 아주 쉬운 일이다."

"그, 그렇군."

하르켄의 표정이 복잡하게 변했다.

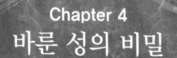

Chapter 4
바룬 성의 비밀

"좋다. 너희들의 말대로 하지. 대신 부탁이 있다."

하르켄이 결국 고개를 끄덕였다. 아이리스와 타르파의 안색이 밝아졌다.

"잘 생각했다. 그럼 네 부탁이 뭔지부터 들어 볼까?"

아이리스가 묻자 하르켄은 한숨을 푹 내쉬며 대답했다.

"난 살육과 전쟁에 지쳤다. 본래 다크 엘프 마을을 위기에서 구해 준 제라칸 님을 따라 평생을 바치려 했지만 이정도면 은혜를 갚았다 생각한다. 더 이상 그의 탐욕을 위해 쓸데없는 살육을 벌이고 싶지 않다는 뜻이다."

"착하게 살고 싶다는 거군."

"천만에! 어떤 게 착한 건지는 모르겠지만 난 그냥 모든 게 귀찮고 지쳐서 쉬고 싶을 뿐이다. 귀족이건 영지건 다 필요 없으니 날 그냥 평범하게 살 수 있도록 해 줘라. 더 이상 날 아무도 강요하지 않았으면 한다."

아이리스가 고개를 끄덕였다.

"그런 건 어려운 일이 아니야. 구체적으로 원하는 게 있어?"

"이곳 아스피스 성에 도시가 보이더군. 거기서 작은 카페나 하나 하고 싶다. 술이 아닌 커피만 파는 곳. 내가 이래 봬도 커피는 좀 만들 줄 알거든. 테이블은 많지 않게, 대충 네 개 정도면 되겠군. 거기서 욕심을 더 부린다면 전망이나 경치가 좋았으면 한다."

그러자 아이리스는 어깨를 으쓱했다. 그리고는 타르파를 쳐다봤다. 도시 루파인에서 작은 카페를 하겠다고 하니, 그것은 아이리스의 소관이 아니었다. 타르파가 결정할 일인 것이다.

타르파는 빙긋 웃었다.

"그건 아주 간단한 일입니다. 당신이 원하는 대로 평범하게 살게 될 겁니다. 대신 당신의 마나는 봉인될 것이며, 아스피스 성을 떠날 땐 저의 허락을 받아야 합니다."

그러자 하르켄의 안색도 환해졌다.

"평생 커피를 만들며 지낼 생각이니 마나는 필요 없겠지. 그리고 전쟁과 살육에 물든 내 몸이 편히 쉴 곳은 평범한 대륙에는 없다. 난 도시 루파인에서 조용히 살다가 뼈를 묻을 생각이다."

그의 말에는 푸념과 회한 같은 것이 가득했다. 정말로 지쳐 보였다.

하긴 제라칸과 같은 용자의 밑에 있다 보면 누구나 저와 같은 생각이 들 것이다. 목숨을 걸고 싸워도 남는 건 결국 허무함뿐일 테니까.

그건 마왕을 따르던 이들이 비참한 말로를 맞는 것과 흡사했다.

아이리스가 물었다.

"그럼 이제 네가 알고 있는 바룬 성과 관련된 모든 걸 말해라. 아주 사소한 것까지도."

하르켄이 고개를 끄덕였다.

"알았다. 하지만 그 전에 할 일이 있다. 나와 그자의 인연을 끊어 줘라. 이는 미스토스의 힘을 가진 용자나 총사가 아니면 할 수 없는 일이다."

그는 타르파를 바라봤다. 타르파는 무슨 뜻인지 알았다는 듯 고개를 끄덕였다.

"하르켄, 그대에게 묻겠습니다. 그대는 용자 제라칸의

기사를 사임하고 그에게 더 이상 충성을 바치지 않겠습니까? 수락하게 되면 그때부터 당신은 더 이상 용자 제라칸의 기사가 아닙니다. 당신이 죽는다 해도 미스토스로 부활할 수 없으며, 용자 제라칸은 이후 당신을 적으로 간주할 수도 있습니다."

"수락하겠다. 난 더 이상 그자와 얽히고 싶지 않다."

그렇게 말하는 하르켄의 눈에는 눈물이 흐르고 있었다.

그라고 어찌 속이 쓰리지 않겠는가.

한때는 목숨을 바쳐 제라칸을 위해 살겠다고 맹세했었다.

그리고 그를 위해 숱한 살육을 벌였다. 마족이나 마물들과 다름없는 사악한 짓을 말이다.

하르켄은 비록 다크 엘프지만 보통의 엘프들에 비해 그저 좀 더 이기적이며 무뚝뚝할 뿐이다.

엘프들은 심성이 선하고 베풀기 좋아하지만, 다크 엘프들은 남들 따위에는 관심이 없다. 자신들의 영역을 침범한 이들은 다 죽일 정도로 잔혹하기도 하다.

하지만 그렇다고 해서 살육이나 약탈을 좋아하는 것은 아니었다. 공격을 받았을 때 자비를 베풀지 않을 뿐 아무런 이유 없이 적을 공격하지는 않는다.

그러나 하르켄은 제라칸의 명령이라 어쩔 수 없이 그 같은 일을 해 왔다. 그런데 막상 제라칸은 하르켄을 그저 쓰다 버릴 소모품으로 취급하고 있었다.

그런 자를 위해 목숨을 바칠 필요는 없으리라.

그래서일까? 하르켄은 막상 결정하고 나니 속이 시원했다. 뭔가 후련할 정도였다.

츠으으읏!

그사이 타르파의 손에서 뻗어 나간 푸른빛이 하르켄의 몸을 휘감았다.

'으음.'

그 순간 하르켄은 알 수 없는 힘이 자신의 몸에서 빠져나간 것을 느꼈다.

미스토스의 힘이 빠져나가고 마나까지 봉인된 하르켄은 이십 년은 더 나이 들어 보였다. 20대 청년이었던 그의 얼굴이 40대로 바뀐 것이다.

그래도 다크 엘프 특유의 아름다운 외모 덕분에 여전히 멋져 보이긴 했다. 오히려 중후한 멋이 풍겨 났다.

그는 씁쓸히 웃었다.

"흐흐, 다 끝난 건가? 섭섭할 줄 알았는데 오히려 속이 다 후련하군."

아이리스가 미소 지었다.

"그럴 것이다. 이제 속 시원히 아는 걸 다 털어 버리고 그대가 원하는 삶을 살도록 해라."

"바룬 성에 대해 내가 많은 걸 아는 건 아니다. 모든 건 총사 에디라스가 관장하고 있기 때문이지. 그는 본성인 아페론 성의 총사이기도 하지만 그 이하 42개 거점 성마다 분신을 보내 모든 걸 총괄하고 있다. 따라서 사실상 모든 거점 성에서 벌어지는 일을 그의 본신이 다 알고 조종하고 있다는 뜻이다. 그리고 모든 거점들은 다 포탈로 연결되어 있어 하나의 거점을 공격해 없애는 건 불가능하다. 본성과 다른 거점들에서 지원을 나오기 때문이다."

아이리스의 안색이 굳어졌다. 저 말대로라면 각각의 거점 성을 각개 격파하기란 불가능한 일인 것이다. 하나의 거점이 아니라 전체 거점과 본성을 상대로 전쟁을 치르는 것이나 마찬가지이니까.

그런데 이어지는 하르켄의 말에는 아주 뜻밖의 내용이 담겨 있었다.

"하지만 바룬 성은 예외다. 성 주위를 휘돌고 있는 차원력의 흐름이 불규칙해서 포탈로 연결할 수 없기 때문이지."

"그럼 각개 격파가 가능하다는 얘기인가?"

아이리스가 눈을 빛내자 하르켄은 고개를 흔들었다.

"천만에! 제라칸의 거점들 중 사실상 가장 무서운 곳이 바로 바룬 성이다. 성 주변의 불규칙한 차원력으로 인해 바룬 성으로 진입한 이들은 한동안 전투력이 몇 분의 일 수준으로 떨어지기 때문이다."

"그럴 수가!"

"더구나 그곳엔 제라칸 휘하 기사 중 최강의 방어력을 지닌 발리나가 있다. 그녀는 공격력은 평범하지만 마왕의 공격도 단신으로 막아 낼 만큼 불가사의한 방어력을 가지고 있지. 동시에 그녀 휘하의 기사단들은 모두 무시무시한 파괴력을 지닌 공격 마법과 궁술 등을 사용하는 원거리 격수들이다. 바룬 성에서 그들의 조합은 마왕 수십 명이 몰려와도 쓸어버릴 수 있을 만큼 무서운 위력을 발휘할 수 있다."

"……!"

그 말에 아이리스는 물론 타르파도 안색이 딱딱하게 굳었다.

하르켄의 말이 사실이라면 바룬 성은 그 어떤 성보다도 함락시키기 어려운 말 그대로 난공불락의 절대 요새인 것이다.

'이래서 내 마음이 불안했구나. 로드께서 혼자 그곳에 가셨다면 큰일이 벌어졌을 거야.'

불규칙한 차원력의 흐름만 아니라면 로이스 혼자서도 발

리나와 그 이하 기사단을 격파할 수 있을지도 모른다. 그러나 차원력으로 인해 전투력이 급감한 상태라면 무슨 낭패를 당할지 알 수 없는 것이다.

"그럼 그 차원력의 방해를 받지 않고 들어갈 수 있는 방법은?"

"흐흐, 없다. 그런 게 있었다면 벌써 마왕들이 써먹었겠지. 바룬 성이 세워진 이후 단 한 번도 적에게 함락된 적이 없었다는 것이 그 증거다. 충고컨대 차라리 다른 거점 성을 공격할지언정 바룬 성은 가지 않는 게 좋을 것이다."

"충고 고맙게 받아들이마. 계속해서 또 아는 걸 말해 봐."

"나칸이라는 노마법사가 최근에 기사로 들어와 바룬 성에 배치되었다. 그의 제자들 10여 명도 함께 말이야."

"그건 다 아는 사실이야. 또 없어?"

"나처럼 바룬 성에 오래 있었던 이들은 차원력의 이상기류에 저항력이 생겨나 전투력이 떨어지지 않는다."

"그게 정말이야?"

"왜 그런지에 대한 이유는 몰라. 아무튼 내가 아는 건 여기까지다. 그래도 혹시 궁금한 게 있으면 앞으로 내가 있을 카페로 찾아와라. 아는 건 뭐든 말해 주겠다."

"좋아. 수고했다. 그 정도면 많은 도움이 됐어."

아이리스는 고개를 끄덕이고는 감옥에서 나왔다. 이제 하르켄에 대한 조치는 타르파가 알아서 할 것이다.

제라칸이나 마왕의 진영이었다면 약속을 지키지 않고 처치해 버리겠지만, 아시엘과 타르파는 약속을 지킬 것이 당연했다.

즉, 조만간 도시 루파인에 미중년의 멋진 다크 엘프가 운영하는 작은 카페가 하나 생겨날 것이다. 커피 맛도 훌륭하다면 여인들이 꽤나 북적댈 만한 명소가 될 법했다.

잠시 후 릴리아나의 꽃밭.

아침에 낚시터에서 잡은 물고기를 맛있게 구워 먹고 있는 로이스를 향해 아이리스가 다가갔다.

"로드!"

"어서 와. 그렇지 않아도 맛있는 생선 구이를 먹고 있는 중인데 잘됐군."

로이스는 막 구운 생선 한 마리를 내밀었다. 아이리스는 반색하며 그것을 받아 들었다. 그녀는 그것을 덥석 입에 물며 말했다.

"그럼 일단 먹고 시작할게요."

"후후, 좋은 생각이야."

그렇게 로이스와 아이리스가 생선을 뜯고 있자 로디아와

루니우스도 은근슬쩍 다가왔다.

"어디서 맛 좋은 냄새가 나네요."

"누가 생선을 굽고 있나 봐요."

능청스럽게 주위를 두리번거리는 그들을 향해 로이스가 손을 까닥였다.

"거기 서 있지 말고 이리 와."

"호호! 고마워요, 로드."

"맛있게 먹겠습니다."

로디아와 루니우스가 기다렸다는 듯 달려와 자리에 앉았다.

지글지글.

로이스는 이제 매번 낚싯줄을 던질 때마다 한 마리씩 낚는 수준에 이르렀다.

낚시의 단계도 높아진 데다 하루에 50번씩 낚시를 할 수 있는 전문가의 은빛 낚싯대를 쓸 수 있게 되면서 그의 바구니에는 온갖 희귀하고 맛 좋은 생선이 수두룩했다.

그런 생선을 로이스가 굽고 있으니 그 냄새가 얼마나 기막히겠는가.

다만 꽃의 요정인 릴리아나는 관심 없다는 듯 그녀의 거처인 지식의 탑으로 들어가 버렸다.

마족 란델 역시 인간의 먹거리에는 별 관심이 없었고, 라크아쓰 패거리들도 마찬가지였다. 날것으로 먹으면 모를까 구워 먹는 건 그들의 식성에 맞지 않았다.

따라서 로이스와 식성이 비슷한 아이리스 등만 몰려온 것이다.

스텔라는 아직 용자 칼리스의 동굴에 남아 있는 터라 오지 못했다.

"와아! 구워만 먹기엔 아까운 생선들이에요. 이걸 다양한 방법으로 조리해 먹으면 정말 맛있을 것 같아요."

로디아의 말에 로이스는 고개를 흔들었다.

"아니야. 내가 황궁에 가서 여러 방법으로 생선을 먹어봤지만 싱싱할 때 구워 먹는 것처럼 맛있는 건 없었어. 하지만 네 입맛엔 별로인가 보네?"

"별로긴요. 세상에 이처럼 맛있는 생선 구이는 처음이에요."

"맞아요. 지난번 불의 정령이 구웠을 때보다 훨씬 맛있네요."

루니우스도 체면이고 뭐고 신경 쓰지 않고 생선을 통째로 뜯어 먹으며 말했다.

그 모습을 로이스는 흐뭇하게 바라봤다.

"그럴 거야. 내가 생선 굽는 능력을 좀 배웠거든."

지글지글.

그 말과 함께 로이스는 계속 생선을 구웠다. 모닥불을 피워 두고 대충 굽는 것 같은데도 이상하게 냄새가 아주 기막혔다.

이는 로이스에게 있는 생선 굽기 능력 때문이었다.

본래 고기 굽기 능력은 30단계에 이를 만큼 높았지만, 생선 굽기는 최근에 생긴 능력이었다.

단계가 높아질수록 맛이 뛰어나질 뿐만 아니라 간혹 특수한 효과가 붙기도 한다. 체력이 빨리 회복되거나 순간적으로 공격력이 증가하는 것 같은 효과 말이다.

물론 그래 봤자 로이스에게는 별다른 의미가 없을 만큼 미미한 효과였기에 그저 맛만 즐길 뿐이었다. 단계가 올라갈수록 확실히 더 맛있게 구워지기 때문이다.

반면에 아이리스 등에게는 맛 이외의 부수적인 효과들이 제법 크게 나타났다.

"뭔가 힘이 불끈 늘어난 것 같아요."

"생선을 먹었는데 왜 몸이 가벼워진 느낌이죠?"

"맛도 정말 기막힌데 먹고 나니 몸이 잠을 잔 듯 상쾌해졌어요."

그녀들은 그것이 생선 구이에 들어 있는 신비한 효과임을 짐작하고는 놀라워했다.

물론 그렇다고 그녀들 역시 부수적인 효과들에 크게 집

착하지는 않았다. 다들 맛있게 먹는 것에 관심이 더 많았기 때문이다.

그때 돌연 로이스가 아이리스를 쳐다봤다.

"근데 아까 내게 무슨 할 말이 있다고 하지 않았어?"

"맞아요. 로드. 실은 바룬 성에 대해 몇 가지 알아냈어요. 아스피스 성의 지하 감옥에 갇혀 있던 제라칸의 부하 하르켄의 말이라 틀림없어요."

"그래? 그 녀석이 무슨 얘길 했는지 어서 말해 봐."

로이스는 반색했다. 그가 이렇게 고기나 구워 먹으면서 시간을 보내고 있는 것도 다 아이리스가 바룬 성을 공격하지 말라며 만류했기 때문이었다.

"바룬 성은 난공불락의 성이라 불려요. 그곳을 둘러싼 불규칙한 차원력의 흐름 때문에 성에 접근하면 전투력이 대폭 하락하기 때문이죠. 섣불리 공격했다간 큰 곤경에 처하게 된다고 해요."

아이리스의 말에 로이스는 진지한 표정으로 고개를 끄덕였다.

"불규칙한 차원력이라고? 그런 곳이라면 함부로 공격해선 안 되겠군."

"네, 절대 안 되죠."

그러자 로이스는 구운 생선을 우물거리며 잠시 고심하는

듯했다. 그러다 이내 빙긋 웃으며 아이리스를 쳐다봤다.

"그럼 전투력이 떨어지지 않게 들어갈 수 있는 방법만 알아내면 되잖아. 최대한 빠를수록 좋아. 할 수 있겠지?"

"그게……."

아이리스가 어색하게 웃었다. 말은 쉽지만 지금껏 아무도 하지 못했던 일이다. 심지어 마왕들도 포기했다는 그 방법을 어디 가서 나물 하나 캐 오는 것처럼 쉽게 얘기하니 기막혔다.

"생선은 얼마든지 줄 테니 천천히 생각해 봐. 배부르면 그만 줄까?"

"아뇨. 더 주세요!"

아이리스는 구운 생선을 사양하지 않았다. 맛있으니 다른 생각이 안 났다. 일단 먹고 생각은 천천히 해 보기로 했다.

그때 로이스는 로디아를 쳐다봤다.

"넌 돈 쓸 방법 생각해 봤어?"

"돈이요?"

"돈 쓰는 데는 네가 전문이잖아."

로디아는 호호 웃었다.

"사실 릴리아나 님께 이미 들었어요. 뭐든 필요하면 다 만들거나 사라고 하셨는데 고민 중이에요."

"그냥 마전함보다 열 배쯤 강한 전함을 만들면 되잖아. 그리고 영웅이나 전설 등급의 장비들을 잔뜩 만드는 거야. 너희 모두는 물론이고 기왕이면 라크아쓰 녀석에게 줄 장비도 다 맞춰 봐."

로이스의 엉뚱한 말에 아이리스는 또 기막혀 했다. 마전함만 해도 희귀하기 짝이 없는 전천후 전함이다. 그런데 그보다 열 배 더 강력한 걸 만들란다.

그뿐인가? 로이스의 부하들 모두에게 영웅이나 전설 등급 장비를 맞춰 주란다. 그것도 직접 만들어서 말이다.

너무 쉽게 말하니 말만 들으면 참 쉬운 일 같아 보였다.

"맞아요. 그래도 되겠군요."

하지만 그쪽 방면에서는 독보적인 천재인 로디아에게는 돈만 있으면 무척 쉬운 일인 모양이었다. 로이스의 말에 그녀는 두 눈을 초롱초롱 반짝이며 좋아했다.

"정말로 돈을 펑펑 써도 되는 거죠?"

"물론이야. 다 써도 돼. 아니, 또 외상을 써도 좋으니까 얼마든지 원하는 걸 만들어 봐. 돈이야 또 벌면 되니까."

근데 설마 1500만 베카나 되는 돈을 다 쓰고도 모자라 외상까지 쓸 일은 없을 것이다. 하지만 로디아의 두 눈이 햇살처럼 빛나는 것이 왠지 심상치 않았다.

사실 릴리아나는 적당히 쓰라고 했다. 그래도 혹시 몰라

돈을 예비해 두려는 까닭이었다.

"정말 외상까지 써도 되는 거죠?"

"같은 말 두 번 하게 하지 마. 난 허락했으니까 뭐든 쓸 만한 건 다 만들어."

"네, 그럼 혹시 매브왕의 내단이랑 가죽, 그리고 아즈검의 껍질 등도 잔뜩 구해 주실 수 있나요?"

"그야 어렵지 않지. 그놈들 사체가 아공간에 잔뜩 있거든. 그렇지 않아도 칼리스 녀석에게 가서 손질해 올 생각이야."

"잘됐군요. 그럼 그쪽엔 돈이 많이 안 들어가도 되겠어요."

로디아는 뭔가를 계산하는지 생선 구이를 먹으면서도 정신은 다른 데에 가 있었다.

잠시 후 즐거운 간식(?) 시간을 마치고 산책도 할 겸 아스피스 성으로 나온 로이스의 앞에 주식이 기다리고 있었다.

"로이스 님! 잘 나오셨어요. 그렇지 않아도 막 부르려 했죠. 거뜨볶음을 잔뜩 만들었거든요. 어제는 너무 바빠 오늘 간신히 시간을 냈네요."

아시엘이었다. 로이스는 반색했다.

"좋아. 어서 안내해."

생선 구이는 어디까지나 간식일 뿐이다. 거뜨볶음을 먹을 배는 다 남겨 두었다.

숲을 따라 가 보니 지난번에 먹었던 그 장소였다.

오늘은 스위니와 타르파는 보이지 않았다. 아무래도 성 안의 일들이 바빠서 시간을 내지 못한 듯했다.

그래도 식탁 위에는 대량의 거뜨볶음이 쌓여 있었기에 로이스의 마음을 흡족하게 했다.

"앉으세요. 실컷 드세요."

"후후, 고마워."

로이스와 아시엘이 마주 앉아 식사를 시작했다.

우걱우걱! 짭짭!

로이스는 매콤하고 쫄깃한 거뜨볶음을 신나게 입에 넣고 씹었다.

"맛이 어때요?"

"지난번보다 더 맛있어."

"이번엔 더 신경을 썼거든요."

"앞으로도 또 부탁해."

"언제든지요."

볼이 터져라 거뜨를 집어넣고 맛있게 씹어 대는 로이스의 모습을 아시엘은 흐뭇한 표정으로 바라봤다. 그러다 문득 말했다.

"로이스 님!"

"또 고맙다고 말하려는 거지? 이젠 그만해도 돼. 충분히 고마워하는 거 다 알고 있거든."

"그래도 아이리스 님과 로이스 님이 아니었으면 이번에 어떻게 됐을지 상상만 해도 끔찍해요."

하긴 나칸이 초마력대공간진이라는 엄청난 진법을 펼쳐 공격을 해 왔으니 아이리스나 로이스가 없었으면 속수무책으로 당하고 말았을 것이다.

그때의 상황은 로이스도 이미 자세히 보고받아 잘 알고 있었다.

"어쨌거나 잘 해결됐으니 다행이잖아. 조만간 제라칸의 거점 성은 내가 없애 버릴 테니 염려 마."

"로이스 님이 있어 정말 다행이에요."

아시엘이 환하게 웃었다. 로이스는 속으로 한숨을 내쉬었다.

'여전히 어설퍼 보여. 저 해맑은 표정은 또 뭐야? 저렇게 순진한 표정을 짓고 있으니 마왕이나 타락한 용자 녀석들이 만만하게 보고 쳐들어오는 거라고.'

처음 체란산에서 봤던 소녀 아시엘의 모습. 눈부시게 아름다운 외모도 그렇고 뭔가 어설퍼 보이는 용자로서의 모습도 그렇고, 그때나 지금이나 별로 변한 게 없어 보였다.

그냥 놔두면 몬스터들의 밥이 될 것 같아 몰래 뒤따르며 보호를 해 주었었는데, 그러고 보면 지금도 그때처럼 로이스는 아시엘을 보호해 주고 있는 것이나 마찬가지였다.

알아서 잘 해결해야 비로소 진정한 용자라고 할 수 있을 텐데 말이다.

그러나 이 샤론 대륙은 소녀 용자 아시엘에겐 너무 험난한 세계긴 했다. 타락한 용자가 물러가면 마왕들이 몰려올 거고, 그러다 다시 또 타락한 용자들이 몰려올 테니까.

하지만 그렇다고 로이스가 항상 이곳에 머물러 있을 수는 없는 일.

뭔가 대책이 필요했다.

그래서 로이스는 불쑥 말했다.

"여기서 멀지 않은 곳에 칼리스란 용자 녀석이 있어. 좀 어설퍼 보이긴 하지만 최근에 정신을 차리고 꽤 열심히 하려고 애쓰고 있지."

그러자 아시엘이 고개를 끄덕였다.

"그렇지 않아도 그에 대해 들었어요. 수중 세계인 인어국 출신으로 머맨 용자라고 했죠."

"맞아. 내 생각엔 거리도 멀지 않고 하니까 그 녀석과 동맹을 맺는 게 좋을 것 같은데, 어때? 서로 위급한 상황에

도와주고 하면 어떤 식으로든 힘이 될 거야."

아시엘의 표정이 환해졌다.

"아주 좋은 생각이에요. 용자들이 동맹을 맺으면 각자의
성으로 연결되는 포탈도 만들 수 있거든요. 미스토스가 좀
소모되긴 하지만 언제든 자유롭게 왕복이 가능하니 위급한
상황이 벌어지면 신속하게 도울 수 있어요."

그 말을 들은 로이스는 어이없어하는 표정을 지었다.

"그런 좋은 게 있었으면 진작 했어야지. 왜 하지 않고 있
는 거야?"

"그렇지 않아도 하려고 했죠. 저도 그런 게 가능한지는
어제 알았거든요."

로이스의 추궁에 아시엘은 억울하다는 표정이었다. 하긴
어제 알았으면 아직까지 동맹을 맺지 않은 것이 당연했다.
로이스는 미소 지었다.

"그럼 오늘 당장 해."

"근데 칼리스란 용자가 과연 믿을 만한 자인지도 조금
걱정이 되네요. 만약 그가 나쁜 마음을 품고 아스피스 성을
점령하려 한다면 상당한 피해를 볼 수도 있거든요."

용자라고 무조건 믿을 수 있는 게 아니었다. 제라칸과 같
은 타락한 용자도 있는 마당이니까.

로이스는 아시엘이 뭘 걱정하는지 충분히 이해했다.

"그런 염려는 하지 마. 칼리스는 내 제자야."

"제자요?"

"응. 내가 검술을 가르쳐 줬어."

"그렇군요."

"따라서 그 녀석이 널 배신한다면 곧 날 배신하는 거지. 그날로 칼리스의 동굴은 사라질 거야. 그러니 안심해도 돼. 그리고 칼리스 녀석은 생각보다 착해. 널 도우면 도왔지 해를 끼칠 녀석은 아니야."

"로이스 님이 그리 말씀해 주시니 안심이 되는군요. 오늘 당장 동맹을 위한 친서를 보내겠어요."

"그럼 그 친서를 나에게 줘. 그렇지 않아도 그 녀석에게 볼일이 있어 가려고 했거든."

마왕의 붉은 날개를 쫙 펼치고 날아가면 마전함보다 빨리 갈 수 있다. 만약 마계에서처럼 빠른 속도가 나온다면 그야말로 순식간에 오갈 수 있겠지만 그렇지 못해 아쉽긴 했다.

"잘됐군요. 정말 고마워요."

"어서 편지나 써 줘. 이 요리를 다 먹으면 바로 떠날 거야."

그사이 산더미 같던 거뜨볶음의 태반이 로이스의 배 속으로 사라진 터였다. 말을 하면서도 먹는 것은 멈추지 않으니 그야말로 불가사의했다.

'세상에! 저게 다 배 속으로 들어가는구나.'

아시엘은 믿기지 않는다는 표정으로 로이스를 바라보고는 다급히 고개를 끄덕였다.

"서신은 금방 써 올게요. 그보다 너무 급히 먹으면 체해요. 천천히 드세요."

"후후, 그건 염려 마. 난 소화는 자신 있거든."

체란산에서 오크 대장 라개드와 쌍벽을 이룰 정도로 먹성이 좋았던 로이스에게 이깟 거뜨볶음쯤은 아무것도 아니었다.

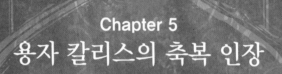

Chapter 5
용자 칼리스의 축복 인장

　로이스는 아시엘의 서신을 받자마자 즉각 용자 칼리스의
동굴로 향했다.

　마왕의 날개를 펼쳐 날아가는 거라 정령들만 대동했다.

　정령들은 날개에 스며든 채로 로이스에게 방향을 알려주
거나 필요하면 밖으로 나와 도움을 주니 무척 편했다.

　휘이이이―

　얼마나 날았을까?

　　[미스토스의 은총이 당신의 노력에 대한 보상을
　　줍니다.]

[당신의 날개 비행 능력이 6단계가 되었습니다.]

[비행이 좀 더 편해지며 속도가 빨라집니다. 비행 전투가 좀 더 수월해집니다.]

지난번에 날아올 때 5단계까지 올랐던 비행 능력이 이번에 다시 1단계 올랐다.

"후후, 이럴 때 단계를 올려 두는 게 좋겠지."

덕분에 속도가 약간 빨라졌다.

당장 눈에 띌 정도는 아니지만 꾸준히 비행을 해서 단계를 높이 올린다면 그땐 무시 못 할 속도가 될 것이다.

다시 한참을 날았을까?

"로이스 님! 저 아래 수면이에요. 그 밑으로 잠수하면 용자 칼리스의 동굴이 나와요."

바람의 정령 라샤의 음성이었다. 로이스는 미소 지었다.

"덕분에 단번에 찾아왔구나. 수고했어, 라샤."

"로이스 님께 도움을 드릴 수 있어 기뻐요."

정령들은 작은 칭찬에도 매우 좋아한다. 그래서 로이스는 수시로 칭찬을 해 주었다.

풍덩!

물속으로 들어가자 이번에는 물의 정령 퓨리가 알아서 로이스가 물속에서 자유롭게 숨을 쉴 수 있도록 숨결을 불

어 넣어 주었다. 또한 물의 저항을 적게 받을 수 있도록 해
주어 이동 속도도 빨라졌다.

"고마워, 퓨리."

"호호, 당연히 해야 할 일인걸요."

아공간에 있는 소형 마전함을 꺼내 타고 가면 더 쉽게 칼
리스의 동굴로 갈 수 있지만, 로이스는 번거롭더라도 직접
잠수를 통해 이동했다.

물론 모두 수련의 일환이었다.

이렇게 해야 수영이나 잠수, 워터 아이 등의 숙련도가 미
미하지만 증가할 것이기 때문이다.

그사이 로이스는 거대한 동굴의 입구에 도착했다.

"오! 정말 엄청나게 커졌네."

지난번 로이스가 봤을 땐 작은 동굴 안에 소라 껍데기 형
상의 건물 하나만 달랑 있을 뿐이었다.

그러나 지금은 거대한 동굴의 입구를 지나자 안쪽에 가
히 아스피스 성 못지않은 규모의 거대한 성이 자리를 잡고
있었다.

마치 수중에 또 하나의 수중 세계가 존재하고 있는 것 같
았다.

"어서 오세요, 로이스 님."

경비를 서고 있던 미스토스 용병들은 로이스가 나타나자

즉각 길을 열어 주었다. 집사 이네르타가 곧바로 나타나 로이스를 향해 한없는 공경의 표시를 했다.

"미스토스 상급 기사이신 로이스 님의 방문을 환영합니다."

"뭘 그리 거창하게 하는 거야? 그냥 오랜만이라고 하면 되잖아."

로이스가 어색한 표정을 짓자 이네르타는 빙긋 웃었다.

"아무리 거창하게 해도 모자랄 뿐이죠. 로이스 님이 아니었다면 아쿠아스 성이 저토록 크게 확장될 수 없었을 테니까요."

"아쿠아스 성?"

"저 성의 이름이에요."

"오! 그렇군."

두 개의 외성과 하나의 내성으로 구성된 거대한 성!

외성 문을 통과하자 거기서부터는 더 이상 물이 없었다. 육지에 세워진 성과 다를 바 없었다.

"여긴 물이 없네?"

"네. 인어족이 아닌 이들도 자유롭게 움직일 수 있게 만들었거든요."

머메이드인 이네르타는 지상에서 살짝 뜬 채로 마치 물속을 이동하듯 하체의 지느러미를 흔들며 이동했다.

로이스는 그것이 왠지 신기했다. 그러나 그냥 그러려니 하고 넘겼다. 이 정도 신기한 것이야 샤론 대륙에서 벌어지는 기괴한 일들에 비하면 별것 아니기 때문이다.

그때 머리에 금빛 왕관을 쓴 머맨이 만면에 미소를 지으며 다가왔다.

"로이스 님! 어서 오십시오. 그렇지 않아도 언제 오시나 기다리고 있었습니다."

그는 머맨 왕이자, 아쿠아스 성의 용자인 칼리스였다.

거대한 성의 성주가 되어서인지 확실히 지난번에 봤을 때보다 위엄이 있어 보였다.

"멋있어졌구나, 칼리스."

"모두 로이스 님 덕분입니다."

"나만 아니라 너 또한 열심히 한 덕분이야. 그보다 미스토스는 얼마나 쌓았어?"

"그게……."

칼리스는 당혹스러운 표정을 지었다.

어느 누가 용자에게 이런 질문을 할 수 있다는 말인가? 이는 설령 매우 절친한 용자들끼리라고 해도 매우 실례가 되는 질문일 것이다.

미스토스의 보유량은 용자의 존망과 관계되는 것인 만큼 특급 비밀에 속하기 때문이다.

그런데 로이스는 그게 뭐 별거냐 식으로 물어보고 있었다. 그리고 다른 이도 아니고 로이스에게는 그게 당연한 일이긴 했다. 그가 아니었으면 칼리스가 미스토스를 획득하기란 불가능했을 테니까.

"모두 101카퍼스 정도를 얻었고 그중 41카퍼스 정도를 사용해서 지금 60카퍼스 정도를 예비해 두었습니다."

그 말을 들은 로이스는 한숨을 푹 내쉬었다.

"고작 그것뿐이야?"

"고작이라니요. 이건 엄청나게 많은 미스토스입니다."

미스토스 101카퍼스를 고작이라고 말하다니. 칼리스는 기막혀하는 표정을 지었다. 그러나 2000카퍼스도 넘는 미스토스를 가진 로이스에게는 고작이 맞았다.

"역시 릴리아나의 말대로군. 나와 용병 계약을 통해 얻을 수 있는 미스토스는 100카퍼스가 최대일 것이라고 하더니 사실이었어."

그러자 칼리스가 머쓱해하는 표정을 지었다.

"하하, 로이스 님도 이미 알고 계셨군요. 하지만 저는 로이스 님이 용병으로 계셔 주신 것만으로도 얼마나 든든한지 모릅니다."

"이젠 그만 끝낼 때가 됐어. 더 이상의 계약은 무의미할 뿐이야."

로이스의 말에 칼리스뿐 아니라 이네르타의 안색도 해쓱
하게 변했다.

"용병 계약을 끝내신다고요?"

"당연하지. 내가 있다고 해서 더 이상 네가 얻을 수 있는
미스토스가 없잖아."

"그건 그렇지만 로이스 님이 용병으로 계시는 것이 저는
든든합니다."

"맞아요. 저희는 그것만으로도 충분해요."

미스토스를 전혀 얻지 못해도 그저 용병으로만 있어 달
라는 것이었다.

로이스는 싸늘히 고개를 흔들었다.

"나에게 의지할 생각하지 마. 이제 너희들은 독립해서
스스로 적과 맞서야 해. 그래야 진정 용자이며 용자의 총사
라 할 수 있다."

"……."

그러자 칼리스는 침울한 표정을 짓더니 무겁게 고개를
끄덕였다.

"사실 로이스 님이 그리 말씀하실 거라 생각했습니다.
그래도 혹시나 싶어서 말씀드려 봤는데 어쩔 수 없군요."

"맞아요. 실은 로이스 님께 드릴 선물도 준비해 두고 있
었거든요."

이네르타 역시 씁쓸한 미소를 흘리며 말했다.

그들은 단순히 로이스가 용병 계약을 해지해서 섭섭해하는 것이 아니라, 더 이상 로이스를 볼 수 없을까 봐 섭섭해하고 있는 것이었다.

로이스가 의미심장하게 웃었다.

"걱정 마. 시간 날 때마다 여기 와서 너희들이 잘하고 있는지 볼 거니까. 오늘도 잠시 후에 볼일을 마치면 수련을 할 테니 준비해."

"예? 수련이라고요?"

"아앗! 그것은?"

로이스가 수련이라는 말을 하자 칼리스와 이네르타는 흠칫 놀라다 못해 기겁하는 표정을 지었다.

로이스의 수련은 절대 친절하게 말로 설명하며 다독여주는 방식이 아니다.

일단 피는 기본이다. 땀보다 피가 더 많이 나는 것이 로이스의 방식이며, 여차하면 죽을지도 모른다는 공포 속에서 사력을 다해야 수련을 마칠 수 있었다.

'으으! 죽었구나.'

'한동안 평화로웠는데.'

하지만 그렇게 두려워하면서도 한편으로 그들의 눈빛은 투지에 불타올랐다. 로이스의 수련이 가혹하지만 그 시간을 잘 마치면 그만큼 강해질 수 있기 때문이다.

"근데 스텔라는 어디 있지?"

로이스가 성에 나타났는데 스텔라가 보이지 않았다. 근처에 있다면 분명 마중을 나왔을 텐데 말이다.

그러자 칼리스가 대답했다.

"스텔라 경은 이 성이 심심하다며 인어국에 가 있습니다. 소바로 대장군과 결투를 벌이며 수련 중이라 들었습니다. 로이스 님이 오셨다는 전갈을 보냈으니 곧 이곳으로 올 것입니다."

"그렇군. 그럼 이제 용병 계약부터 끝내도록 하자."

"예, 로이스 님."

잠시 후 용자 칼리스의 대전.

칼리스가 용좌에 앉아 있고, 그 아래 집사 이네르타가 엄숙한 표정으로 서 있었다.

로이스는 대전의 중앙에 선 채 그들을 쳐다봤다.

"시작해."

"네, 로이스 님."

이네르타는 고개를 끄덕이고는 곧바로 말을 이었다.

"이 시간 이후로 용자 칼리스 님은 로이스 님과의 용병 계약을 정식으로 해지할 것을 결정하였습니다. 그동안 인어국과 아쿠아스 성을 위해 애써 주신 로이스 님의 노고에 진심으로 감사드립니다."

그 말이 끝나는 순간.

[당신과 용자 칼리스의 용병 계약이 해지되었습
니다.]

[당신은 더 이상 칼리스의 용병이 아닙니다.]

그렇게 용병 계약이 해지되었다는 내용이 나타났다.
동시에.

[칼리스와의 용병 계약이 해지됨으로 빛나는 베
카와 가디의 날개 축복이 사라집니다.]

* 빛나는 베카와 가디의 날개
—미스토스의 세계에서 아주 드물게 나타나는
특별한 축복
—당신과 당신의 부하들이 몬스터를 죽일 때마
다 소정의 돈이 수호 요정 릴리아나의 창고에 쌓
임.
—강한 몬스터를 획득할수록 많은 돈을 얻을 수
있음.

—용자 칼리스와 당신의 용병 계약이 지속되는
한 이 축복은 계속 됨.

아쉽지만 몬스터를 해치울 때마다 돈이 들어오는 축복이
사라지고 말았다.

그러나 이 축복 때문에 무의미한 용병 계약을 유지할 수
는 없는 일.

로이스에게는 좋지만 칼리스에게는 해로운 것이기 때문
이다.

칼리스의 성장을 위해서라도 과감히 용병 계약을 해지해
주어야 하는 것이다.

'돈은 이미 많이 벌었잖아. 한동안 돈 떨어질 일은 없을
거야.'

1500만 베카나 되는 엄청난 돈이 있는데 설마 돈이 떨어
지겠는가 싶었다.

물론 로디아가 돈을 펑펑 쓴다면 그렇게 될 수도 있겠지
만, 그땐 또 어떻게든 돈을 벌 수 있을 것이다.

그런데 그때였다.

칼리스가 돌연 엄숙한 표정으로 말했다.

"로이스 님! 그간 입은 은혜에 비하면 매우 약소하겠지
만 작은 선물을 준비했습니다. 이건 저와 이네르타의 마음

이니 부족하나마 받아 주셨으면 합니다."

그 말이 끝나자마자 칼리스가 앉아 있는 용좌에서 짙푸른 광채가 일어나 로이스의 몸을 휘감았다.

화아아악!

그 광채는 로이스의 오른쪽 팔뚝으로 집중되더니 그곳에 마치 문신처럼 하나의 문양을 새겼다.

황금빛 머맨과 머메이드가 창을 교차하며 용맹하게 미소 짓고 있는 문양이었다.

그것은 바로 아쿠아스 성의 상징!

반짝!

그 푸른색의 문양은 로이스의 팔뚝뿐 아니라 몸 전체를 환하게 비추다가 이내 투명하게 되어 보이지 않았다.

[용자 칼리스의 축복 인장을 얻었습니다.]

＊용자 칼리스의 축복 인장

—인어국과 아쿠아스 성을 도와준 미스토스 상급 기사 로이스에게 용자 칼리스가 내린 특별한 축복의 징표.

—이 징표가 있으면 당신과 당신의 부하들이 몬스터를 죽일 때마다 소정의 돈이 수호 요정 릴리아

나의 창고에 쌓임.

—강한 몬스터를 획득할수록 많은 돈을 얻을 수

있음.

—용자 칼리스가 철회하지 않는 한 이 축복은 계

속 지속됨.

"오! 이 축복은?"

로이스는 반색했다. 이 축복 인장이 있는 한, 사라진 빛

나는 베카와 가디의 날개 축복을 아쉬워하지 않아도 될 것

이다.

그러나 로이스는 일순 칼리스를 슥 노려봤다.

"혹시 이 축복을 위해 너도 10카퍼스나 쓴 거야?"

아시엘 또한 로이스에게 축복 인장을 주느라 그만큼의

미스토스를 썼다고 했기 때문이다.

그러자 칼리스가 머리를 긁적이며 웃었다.

"어떻게 아셨는지 모르지만 로이스 님을 위해서라면 그

이상의 미스토스도 아깝지 않습니다."

로이스는 어쩔 수 없다는 듯 미소를 지었다. 성의를 표시

할 땐 고맙게 받아야 한다. 그래야 주는 사람의 마음을 기

쁘게 할 수 있으니까.

"고마워. 덕분에 앞으로 돈 걱정은 안 해도 되겠네."

"하핫, 도움이 된다니 정말 기쁩니다."

칼리스뿐 아니라 이네르타의 얼굴도 환해졌다. 로이스가 혹시라도 쓸데없는 데 미스토스를 낭비했다고 혼낼까 봐 걱정했던 모양이었다.

사실 로이스는 고작 60카퍼스의 미스토스만 남은 칼리스가 그중에서 무려 10카퍼스를 들여 축복 인장을 펼쳐 주자 마음이 그리 편하지만은 않았다.

없는 살림에 챙겨 준 것 같은 느낌이랄까?

그래도 이로써 또 한 명의 용자를 샤론 대륙에 우뚝 서게 만들었다는 생각에 마음이 뿌듯했다.

"이걸 받아."

로이스는 주머니에서 아시엘의 서신을 꺼내 내밀었다.

"그게 뭐죠?"

"용자 아시엘의 서신이야. 너와 동맹을 맺고 싶어 해."

"오! 정말인가요?"

이네르타가 다가와 서신을 받아 칼리스에게 가져갔다. 곧바로 두루마리를 펼쳐 읽는 칼리스의 표정은 기쁨으로 가득했다.

"아스피스 성과의 동맹이라면 기꺼이 수락할 것입니다."

"물론이에요. 미스토스를 통해 서로 연결되면 적의 공격을 매우 수월하게 방어할 수 있을 거예요."

이네르타도 매우 기뻐하는 기색이었다. 로이스는 고개를 끄덕였다.

"그럼 잘 됐군. 너희들이 동맹을 맺는다면 나도 안심이 될 거야. 아시엘은 매우 유능한 용자니까 너 또한 그녀를 본받아 열심히 하도록 해."

"하하, 물론입니다. 그렇지 않아도 그녀를 만나 용자로서 많은 걸 배우고 싶었는데 정말 잘됐습니다."

칼리스는 기대가 가득한 표정이었다.

"그럼 지금 즉시 동맹을 체결하도록 해, 이네르타."

"알았어."

이네르타는 고개를 끄덕이고는 곧바로 눈을 감았다.

스스스.

그 순간 이네르타는 명상을 통해 누군가와 접촉했다. 다름 아닌 아스피스 성의 총사인 타르파였다.

명상을 통해서만 갈 수 있는 어떤 특별한 공간에서 그 둘은 만났다.

"당신이 용자 아시엘의 총사 타르파인가? 나는 용자 칼리스의 집사 이네르타다."

그러자 타르파가 빙그레 웃었다. 집사면서도 총사 앞에서 너무 당당한 그녀의 태도에 살짝 당황하긴 했지만.

"기다리고 있었습니다, 이네르타. 아스피스 성과 아쿠아스 성의 동맹은 서로에게 매우 큰 도움이 될 것입니다."

"나 또한 그리 생각하고 있다."

이네르타는 자신이 반말은 하고 있지만 왠지 잔뜩 위축
되는 기분이었다.

타르파는 뭔가 자신감도 넘치고 여유로워 보였다. 그녀
가 어찌할 수 없는 벽도 느껴졌다.

'쳇, 나도 어서 총사가 되어야지.'

전생에 명색이 수호룡이었던 그녀가 집사 신세가 되어
있다는 것이 스스로 우습긴 했다. 이젠 그 수호룡이었다는
사실조차 점점 아련한 기억 속으로 사라지는 중이었지만
말이다.

그때 타르파가 담담히 웃으며 말했다.

"서로의 뜻이 일치하니 이제 지체할 이유가 없겠지요.
제가 내민 손을 잡으면 아스피스 성과 아쿠아스 성을 이어
주는 미스토스 포탈이 생성될 것입니다."

그 말과 함께 타르파는 한 손을 앞으로 내밀었다. 이네르
타는 망설이지 않고 그 손을 잡았다.

츠으으읏!

그 순간 짙푸른 광채가 그들의 손을 중심으로 일어나 사
방으로 퍼졌다.

동시에 이네르타는 두 눈을 번쩍 떴다. 칼리스가 물었다.

"어찌 되었느냐, 이네르타?"

"포탈을 생성했어. 지금 제2 외성에 포탈이 생겨났을 거야."

아무리 용자들 간의 동맹이라 하지만 내성으로 연결되는 포탈을 만들 수는 없는 일.

그래서 가장 외곽에 위치한 성의 광장에 포탈을 위치시켰다. 이는 아스피스 성도 마찬가지였다.

포탈이 위치한 곳은 양쪽 다 군영들이 늘어서 있으며 경계가 삼엄한 곳이었다.

칼리스는 반색했다.

"그럼 당장 그쪽으로 가 봐야겠군. 내가 직접 그곳을 통해 아스피스 성으로 건너가 용자 아시엘을 만나야겠어."

"좋은 생각이야."

칼리스와 이네르타가 다급히 외성 포탈 쪽으로 이동했다. 로이스도 호기심 어린 눈빛으로 달려갔다.

커다란 마법진 위에 생겨난 거대한 게이트.

그곳이 바로 아스피스 성과 연결된 포탈이었다.

츠으읏!

그때 게이트의 빛이 출렁이더니 누군가 모습을 드러냈다.

신비한 위엄이 넘치는 미소녀와 강인한 인상의 노검사였

다.

용자 아시엘과 그녀의 기사인 카로드였다.

용자인 그녀가 직접 칼리스를 만나러 온 것이다. 그랜드
마스터 카로드가 그녀를 수행하고 있었다.

"로이스 님!"

아시엘은 가장 먼저 로이스를 바라보며 반색했다. 로이
스가 미소 지었다.

"후후, 그게 바로 미스토스 포탈이란 거군. 순식간에 이
곳으로 이동할 수 있다니 아주 편리해 보여."

"물론이죠. 그렇지 않았다면 저 역시 쉽게 성을 나서지
못했을 거예요."

"소개할게. 이 녀석이 바로 용자 칼리스야. 저쪽은 집사
이네르타."

로이스가 칼리스와 이네르타를 가리켰다. 그러자 칼리스
가 멋쩍은 듯한 표정으로 말했다.

"아시엘 님의 방문을 환영하오. 샤론 대륙에 다른 용자
들이 있다고는 들었지만 이렇게 나 말고 다른 용자를 만날
수 있게 되다니 꿈만 같소."

아시엘이 미소 지었다.

"로이스 님을 통해 말씀 많이 들었어요, 칼리스 님. 나
역시 다른 용자를 꼭 만나고 싶었죠. 그런데 이렇게 멀지않

은 곳에 용자가 있을 줄은 상상도 못했어요."

"그건 나도 마찬가지요. 무엇보다 이렇게 동맹을 맺게 되었으니 앞으로 잘 부탁드리겠소. 이후로 나와 아쿠아스 성은 아스피스 성의 일에 무슨 일이든 협조할 것이오."

"진심으로 바라던 바에요. 우리 또한 어떤 일이든 지원을 아끼지 않겠어요."

두 용자의 동맹이 공식적으로 체결되는 순간이었다.

짝짝.

로이스가 박수를 치며 고개를 끄덕였다.

"좋아! 아주 잘됐군. 앞으로 내가 너희들을 계속 지켜보겠다. 괜히 사소한 일로 싸우지 말고 잘 지내도록 해."

그러자 아시엘과 칼리스가 어이없어하는 표정을 지었다.

"염려 마세요. 용자들끼리 싸울 일은 없어요."

"그렇습니다, 로이스 님."

"내가 마왕이나 타락한 용자라면 용자들의 사이를 이간질해 서로 싸우게 만들 거야. 난 물론 그런 방식을 좋아하지 않지만, 비열하기 짝이 없는 마왕 녀석들이라면 충분히 그런 일을 벌이고도 남겠지."

그 말에 아시엘과 칼리스는 긴장한 표정으로 고개를 끄덕였다.

"듣고 보니 로이스 님의 말씀이 옳군요."

"저도 그렇게 생각합니다."

로이스가 미소 지었다.

"이 동맹은 내가 주선한 거야. 따라서 내 허락 없이 동맹을 깨거나 싸움을 벌인다면 누구든 각오해야 할 거야."

"염려 마세요, 로이스 님."

"명심하겠습니다, 로이스 님."

둘 다 로이스의 성격을 잘 알고 있다. 그는 한다면 하는 사람이었다.

차라리 마왕의 뺨을 칠지언정 서로를 배신하는 일은 없어야 할 것이다.

그러나 사실 로이스가 아무런 협박을 하지 않았어도 그들이 바보가 아닌 이상 서로를 배신할 일은 없었다.

다만 로이스는 그런 그들의 마음을 좀 더 확고하게 만들어 준 것이었다.

로이스가 있는 한 서로의 배신을 걱정할 일은 없을 테니까.

이로써 설령 마왕이 이간질을 한다 해도 그것에 넘어갈 일은 없게 된 것이다.

그때 로이스가 아공간에서 뭔가를 잔뜩 꺼냈다.

슥. 슥. 슥슥슥.

그것들은 매브왕과 아즈검들의 사체였다.

매브왕이 무려 35마리, 아즈검 287마리.

불행하게도 그롤족 수석 장로인 갈루드를 포함한 열두 장로의 사체도 모두 포함되어 있었다.

사실상 모든 매브왕들이 로이스에게 죽임을 당했기 때문에 그롤들은 멸종한 것이나 다름없었다.

"이게 다 뭐죠?"

뿔 달린 거대 뱀들을 비롯한 거대 괴수어들의 사체들이 산더미처럼 보이자 아시엘은 기겁했다.

반면에 칼리스는 입을 쩍 벌렸다.

"오오! 이것들은?"

단 한 마리도 쉽게 얻기 힘들다는 매브왕의 사체가 무려 35마리나!

마찬가지로 아즈검들의 사체도 그에 버금갈 만큼 얻기 힘든 것들이었다.

로이스가 씩 웃었다.

"잠시 후면 저 포탈을 통해 로디아가 건너올 거야. 칼리스 넌 로디아를 도와 이 녀석들을 처리해 줘야겠어."

칼리스가 고개를 끄덕였다.

"그야 저의 전문이니 어려운 일이 아닙니다만 대체 뭘 얼마나 만드실 생각인 겁니까?"

"뭘 만들지는 로디아가 알아서 할 거야."

"잠깐, 한 가지 조건이 있습니다."

"조건이라고?"

로이스가 슥 노려보자 칼리스는 어색하게 웃었다.

"이 작업은 단시일에 가능한 일이 아닙니다. 매브왕의 사체는 저만 다룰 수 있으며, 아즈검의 사체도 그것을 다룰 수 있는 이들은 인어국에 불과 수십 명 정도입니다. 상당히 고된 일이거든요."

"서두를 건 없어. 여유 있을 때 도와주면 돼."

용자인 칼리스에게 매브왕 사체 처리 작업만 하라며 강요를 할 수는 없는 일이었다. 그보다 중요한 일이 산재해 있을 것이기 때문이다.

"도와 드리는 대신 제게도 조금만 내어 주십시오."

칼리스가 눈치를 보며 말했다. 사실 로이스에게 받은 걸 생각하면 공짜로 다 해 줘도 모자랄 판이었다.

그러나 매브왕의 사체는 이때가 아니면 영원히 얻지 못할 수도 있었다. 그래서 조심스레 말한 것이었다.

그러자 로이스가 픽 웃으며 고개를 끄덕였다.

"뭘 그런 걸 눈치를 보는 거야? 필요하면 그냥 달라고 하면 될 텐데."

"정말 그래도 됩니까?"

칼리스의 안색이 환해졌다. 이네르타의 표정도 밝아졌

다. 매브왕이나 아즈검들의 사체를 얻을 수 있다면 매우 희귀하면서도 강력한 방어구를 제작할 수 있기 때문이다.

"물론이야. 얼마나 필요한데?"

"대충 십분의 일 정도면 충분할 것 같습니다만."

"좋아. 그렇게 해."

로이스는 흔쾌히 고개를 끄덕였다. 그러자 옆에서 보고 있던 아시엘이 고개를 갸웃하며 물었다.

"이 괴수어들의 사체가 그리 대단한 건가요? 우리도 지난번 전투에서 저 아즈검들의 사체는 꽤 얻었거든요."

"이것들이 있으면 최강의 방어구를 만들 수 있거든. 특히 수중 전투에서는 더 뛰어난 위력을 발휘한다고 했어."

"최강의 방어구 재료라는 거군요."

"하지만 저건 아무나 다루지 못해. 오직 머맨이나 머메이드들, 그중에서도 아주 소수만 가능한 어려운 작업이야."

아시엘은 그제야 알겠다는 듯 감탄의 표정을 지었다.

Chapter 6
어둠의 탑

아시엘이 칼리스를 향해 말했다.

"그럼 저도 부탁을 드려야겠군요. 아스피스 성을 침략한 괴수어들의 사체를 한곳에 잔뜩 쌓아 두었거든요. 곧 소각할 예정이었는데 방어구 재료로 사용이 가능하다면, 협조를 부탁드려도 될까요?"

그러자 칼리스가 의미심장한 미소를 지었다.

"그야 물론이오. 하나 우리 또한 공짜로 해 줄 수는 없는 일. 응당한 보상이 필요하오."

"십분의 일 정도라면 얼마든지 가능해요."

"천만에! 그건 로이스 님에게만 특별히 해 드리는 조건

이오. 세상 어딜 뒤져 봐도 그롤들의 가죽이나 껍질을 다룰 수 있는 이들은 우리 외에는 없는데 고작 십분의 일로 퉁칠 생각이오?"

아시엘은 칼리스의 말뜻을 어렵지 않게 이해했다.

하긴 생각해 보니 10분의 1은 너무 싼 보상이다. 로이스에게나 주어지는 특별한 조건을 아시엘이 그대로 요구할 수는 없는 일.

괴수어들의 사체는 그대로 놔두면 그냥 썩어 없어져 버릴 텐데, 칼리스의 도움으로 최고의 방어구 재료를 얻을 수 있다면 태반을 내어 줘도 아까울 건 없었다.

그러나 그런 귀한 걸 고작 10분의 1만 주고 얻겠다면 말 그대로 거저먹겠다는 것이나 다름없는 것이다.

"듣고 보니 확실히 그렇군요. 그럼 어느 정도의 보상을 원하나요?"

"절반."

"좋아요."

아시엘은 흔쾌히 수락했다. 칼리스가 씩 웃었다.

"그럼 언제든 저 포탈을 통해 그롤들의 사체를 가져오시오. 단, 그쪽 장인들도 함께 와서 필요한 방어구의 외형을 설명해 줘야 할 것이오."

"물론이에요."

그렇게 아시엘은 칼리스와의 동맹 체결과 동시에 희귀한 방어구의 재료도 잔뜩 얻게 되는 쾌거를 달성해 기분이 날아갈 것 같았다.

물론 칼리스 역시 마찬가지였다. 로이스와 아시엘 덕분에 전력에 상당한 보탬이 될 만한 재료를 얻었기 때문이다.

곧바로 칼리스가 로이스를 바라보며 말했다.

"여러모로 신세를 많이 지는군요, 로이스 님. 다시 한번 진심으로 감사드립니다."

"고마우면 나와 내 부하들은 언제든 이 포탈을 마음대로 이용하게 해 줘라."

"그야 당연한 일이지요. 언제든 편하게 이용해 주십시오."

용자들의 성들이 연결된 이상 이 포탈의 이용자는 엄격하게 관리되며 통제될 수밖에 없었다.

그러나 로이스 일행은 그런 간섭에서 자유로워졌다.

로이스뿐 아니라 아이리스 등도 언제든 포탈을 타고 아스피스 성과 아쿠아스 성을 오갈 수 있게 된 것이다.

이는 칼리스로서도 바라던 일이었다. 로이스 일행이 자주 와서 머물러 주면 성이 그만큼 안전해질 것이기 때문이다.

그러자 아시엘도 로이스를 바라보며 말했다.

"아스피스 성의 포탈도 언제든 부담 없이 이용해 주세요. 로이스 님과 관계된 이들은 아무런 제약 없이 이용할 수 있도록 조치해 두겠어요."

"고마워."

로이스는 흐뭇한 미소를 지었다.

곧바로 그는 포탈을 타고 아스피스 성으로 이동한 후 로디아를 찾았다.

"로디아! 넌 지금 당장 용자 칼리스의 아쿠아스 성으로 가 봐."

"아쿠아스 성으로요? 마전함을 타고 갈까요?"

"아니. 용자들의 동맹으로 미스토스 포탈이 열렸거든. 넌 내 부하니까 언제든 자유롭게 그 포탈을 이용할 수 있어."

"와! 정말 잘됐어요."

"거기 가면 칼리스가 그롤들의 사체를 처리해 줄 거야. 알아서 네가 만들고 싶은 걸 만들도록 해."

"알겠어요, 로드. 맡겨 주세요."

로디아의 눈이 빛났다. 그녀는 이미 1500만 베카가 넘는 희귀한 재료들을 주릅 상인 노스느크에게 주문한 터였다. 이제 거기에 매브왕의 내단과 가죽, 아즈검의 껍질까지 구해지면 그녀가 원하는 것들을 실컷 만들 수 있게 될 것이다.

* * *

바룬 성 나칸의 거처.

총사 에디라스로부터 새로운 임무를 부여받은 나칸은 고심 중이었다.

그 임무는 로이스를 이 바룬 성에 단독으로 끌어들이는 것!

이번 패전의 책임을 면하기 위해 일단 자신 있다고 말은 했지만 솔직히 그로서도 막연한 임무였다.

"그놈을 대체 무슨 수로 이곳에 끌어들여야 할지 모르겠군."

그의 앞에는 마크 등을 비롯한 그의 제자 11명이 앉아 있었다. 마크가 눈을 빛내며 말했다.

"로이스란 녀석은 어차피 이곳 바룬 성을 노리고 있을 것입니다. 그냥 내버려 두면 알아서 이곳으로 찾아오지 않을까요?"

그러자 나칸이 인상을 찌푸렸다.

"그렇게 쉽게 일이 풀린다면 나와 총사가 그리 고민을 하고 있지 않겠지. 하지만 이미 이 바룬 성에 대한 비밀을 로이스 놈은 알고 있을 가능성이 높다. 하르켄 놈이 배신을 했으니 말이야."

"배신이라고요?"

"지금 그로 인해 총사가 극도로 분노한 상태다. 이미 제라칸 님께 보고가 올라간 상태이니 너희들도 조심해라. 분위기가 좋지 않아. 이럴 때 공연히 잘못 보이면 별일도 아닌 일에 봉변을 당할 수 있다."

"알겠습니다, 스승님."

제자들이 침울한 표정으로 고개를 끄덕였다. 나칸이 눈을 차갑게 번뜩였다.

"잊지 마라. 우리가 이 성에서 한두 번 쓰이고 버림을 받느냐 아니면 중용이 되느냐는 모두 이번 임무에 달려 있음을 말이야."

마크가 탄식했다.

"하지만 로이스 놈이 이 성의 비밀을 알고 있다면 절대 공격해 오지 않을 것입니다. 대체 무슨 수로 그놈을 끌어들일 수 있을까요?"

뻔히 죽을 것을 알고도 들어오는 어리석은 이는 없을 것이다.

나칸이 무겁게 고개를 끄덕였다

"그 무슨 수를 우리가 생각해 내야 한다. 그렇지 않으면

나뿐만 아니라 너희들도 모두 끝장임을 잊지 마라. 그놈을
끌어들여 해치우는 것이 우리 모두가 사는 길이니라."

"알겠습니다, 스승님."

"어떻게든 방법을 찾아보겠어요, 스승님."

그렇게 잠시 모두 고심하는 표정으로 침묵하던 차에, 마
크가 돌연 다시 눈을 빛내며 말했다.

"그냥 복잡하게 갈 것 없이 단순하게 그놈을 도발하는
게 어떻겠습니까?"

"단순한 도발이라?"

"예, 그놈의 자존심이 강해 보이니 용기가 있으면 어디
한번 와 보라는 식으로 도발하는 것입니다."

이는 사실 나칸이 가장 처음으로 생각했던 계획이었다.
로이스와 같은 독불장군에게 가장 효과적인 방법이기도 했
다.

"그렇지 않아도 그 방법을 써 보려 했다. 네가 한번 구체
적인 작전을 짜 보아라."

"흐흐, 알겠습니다."

그러자 이번에는 제자 파디안이 말했다.

"자존심을 건드리는 도발보다는 반드시 올 수 밖에 없는
이유를 만드는 게 어떨까요? 이를테면 협상을 빌미로 초청
을 하는 것이죠. 보물을 준다거나 혹은 놈의 부하 중 하나

를 납치해 협상을 벌이는 겁니다."

어떤 식이든 일단 바룬 성에 들어오려면 불규칙한 차원력의 흐름을 통과해야 한다. 그땐 로이스의 전투력이 하락해 있을 것이니 곧바로 공격해 해치우면 되는 것이다.

"그런 뻔한 수작에 놈이 걸려들지는 모르겠구나. 하지만 그래도 혹시 모르니 구체적으로 짜 봐라."

"예, 스승님."

그렇게 제자들에게 임무를 맡겨 둔 나칸은 바룬 성 중앙에 위치한 어둠의 탑에 들어갔다.

용자의 기사들 중에서도 특별한 자격이 있는 자들만 출입이 가능한 곳이었다.

출입 시 미스토스가 소모되는 터라 적어도 마스터급 이상의 마법을 이룬 자여야 자격이 생기는데, 사르곤 제국의 대마법사였던 나칸은 그러한 자격을 갖춘 상태였다.

'이 어둠의 탑에서 명상을 하면 머리가 평소와는 비할 수 없이 잘 돌아간다고 했지. 다른 방법이 없으니 지금으로서는 이거라도 해 봐야겠다.'

굉장히 난해한 마법이나 전략을 연구할 때 이 어둠의 탑을 이용하면 보다 빠르게 습득할 수 있다고 했다.

그러나 그만큼 극도의 심력과 생명력이 소모된다.

자칫하면 죽을 수도 있는 위험한 상황이 펼쳐질 수도 있다.

물론 미스토스를 대량으로 사용한다면 그런 부작용도 없지만, 나칸에겐 아직 자유롭게 미스토스를 사용할 만한 권한은 주어지지 않았다.

'지금 내겐 선택의 여지가 없다. 그놈을 해치우지 못하면 내가 죽는다.'

나칸은 말 그대로 목숨을 걸고 들어온 것이다.

스윽.

나칸은 잠시 안을 둘러보았다.

어둠의 탑 내부는 그냥 텅 비어 있었다.

벽이나 바닥 혹은 천장까지 아무것도 보이지 않았다.

타악.

심지어 문이 닫히자 그 문조차 사라져 버렸다.

'이건 뭔가?'

문이 없으면 나중에 어떻게 나가라는 말인가?

그러나 나칸은 왠지 짚이는 것이 있어 그 자리에 앉아 눈을 감았다.

스스스스.

눈을 감았는데도 순간 그의 시야에 많은 것들이 들어왔다.

우주 공간 속에 빛나는 별들을 연상케 하는 초마력대공

간진의 모습이 떠오르기도 했고, 얼마 전 있었던 전투에서 처참하게 당했던 장면이 그대로 재현되기도 했다.

스스스스.

뭐든 생각이 드는 순간 척척 펼쳐지면서 가히 무한대로 그것들이 확장되어 나갔다.

'오오! 이럴 수가!'

나칸은 절로 감탄사가 나왔다.

'머리가 열 배 아니, 그 이상 좋아진 것 같구나.'

뭐든 제약 없이 착착 해답이 떠오르니 이 순간 마치 신이 된 것 같은 느낌까지 들 정도였다.

스스스스.

나칸은 즉각 최근 고민했던 문제에 대한 해답을 구했다.

어떤 식으로든 로이스를 처치할 방법을 찾아보았다.

'수단과 방법을 가릴 필요 없어. 그놈을 해치우기만 하면 모든 게 해결된다.'

그렇게 얼마의 시간이 지났는지 모른다.

일순 그는 체력이 떨어지는 것을 느꼈다.

심장이 세게 뛰고 전신에 오한이 들었다.

'으으! 조금만 더!'

이제 그만 눈을 뜨고 이곳을 나가야 했다. 여기서 더 버티다간 생명력이 완전히 고갈되어 죽고 말 것이기 때문이다.

과연 그때 총사 에디라스가 대량의 미스토스를 소모해 그를 부활시켜 줄지는 의문이었다.

어쩌면 영원히 죽을지도 모른다.

그러나 나칸은 모험을 하기로 했다.

'어차피 방법을 알아내지 못하면 난 죽는다. 이래 죽으나 저래 죽으나 마찬가지 아니냐.'

나칸은 이를 악물고 버텼다.

그렇게 또 시간이 흘렀다.

나칸의 안색은 갈수록 창백해져 갔다. 그의 입가로 피가 새 나오기 시작했다.

'……!'

그래도 여전히 눈을 감고 있던 나칸의 입가에 일순 알 수 없는 미소가 맺혔다 싶은 순간.

"쿠욱!"

그는 입에서 피를 대량으로 토하며 그 자리에서 쓰러져 버렸다.

스스스.

잠시 후 어둠이 걷히며 그 자리에 누군가 모습을 드러냈다.

총사 에디라스였다. 그는 인상을 찌푸린 채 나칸을 내려다봤다.

"목숨을 걸고 모험을 하다니! 설마 내가 살려 줄 거라 확신한 건가? 무모한 짓을 했군."

그는 잠시 고심에 빠졌다.

이곳에서 탈진한 대상의 부활은 한 번에 무려 10카퍼스나 되는 엄청난 미스토스가 소모된다.

10카퍼스면 성에 각종 방어 시설을 추가할 뿐 아니라 수천이 넘는 강력한 미스토스 용병을 고용할 수 있는데, 부활한 번에 그만한 미스토스를 쓰는 건 있을 수 없는 일이었다.

따라서 본래라면 그냥 놔두는 게 맞다.

즉, 그냥 이대로 가사 상태에 두었다가 나중에 부활시키면 된다.

부활의 시간을 늦추면 늦출수록 미스토스의 소모가 조금씩 줄어들기 때문이다.

대략 십 년 정도 이후에 부활시키면 10카퍼스의 1000분의 1 수준인 10옵소니온 정도면 충분했다.

그러나 에디라스는 실신한 나칸의 입가에 맺혀 있는 의미심장한 미소가 왠지 눈에 들어왔다.

'뭔가를 찾아냈다는 뜻이겠지.'

어둠의 탑은 어둠의 힘과 미스토스를 조화시킨 용자만이

설치할 수 있는 특별한 건물이다. 일명 타락한 용자라 불리는 이들에게만 주어지는 특권인 것이다.

그러나 이 어둠의 힘은 함부로 사용할 것이 아니었다.

미스토스를 극도로 소모할 뿐 아니라 생명력까지 빼앗아가기 때문이다.

또한 무조건 해법을 찾는다는 보장도 없었다.

미스토스만 엄청 소모하고 아무런 소득이 없을 수도 있다는 뜻이다.

그런데 나칸의 미소를 보니 뭔가를 확실히 얻은 게 분명했다.

순간 에디라스의 입가에 묘한 미소가 피어났다.

'능력을 떠나 저런 독기는 아무에게나 있는 건 아니지. 몇 번 쓰고 버릴 생각이었는데 잘하면 아주 쓸 만한 인재가 들어온 건지도 모르겠군.'

그는 곧바로 나칸을 향해 손을 뻗었다.

츠으으으읏!

그와 나칸의 몸이 환한 광채에 휩싸여 어디론가 사라졌다.

화아아악!

잠시 후 찬란한 빛무리와 함께 나칸이 깨어난 곳은 부활의 탑 지하 마법진 위였다.

"으윽! 여기는?"

나칸은 눈을 뜨고 일어났다. 본래라면 부활 시 몸이 무거워야 하지만 지금은 약간 어지럽기만 할 뿐 멀쩡했다. 어지러웠던 머리도 금세 맑아졌다.

"깨어났느냐, 나칸?"

"초, 총사! 면목이 없습니다."

나칸은 황급히 부복했다. 그러자 에디라스가 싸늘히 그를 노려보며 물었다.

"너를 부활시키기 위해 막대한 미스토스를 소모했다. 허나 그만한 가치가 없다면 각오해야 할 것이다."

"흐흐흐, 염려 마소서, 총사. 로이스 놈을 해치우는 것은 이제 제게 맡겨 주십시오. 그놈뿐만 아니라 두 용자들도 모조리 쓸어버리겠습니다."

나칸의 눈빛이 강렬히 번뜩이는 걸 본 에디라스는 고개를 끄덕였다.

"후후후, 좋다. 이번 일로 너의 능력을 증명해라. 그럼 너는 이런 변방이 아닌 중앙에서 활약할 수 있게 될 것이다."

"반드시 그렇게 될 것입니다, 총사!"

나칸의 입가에 득의만만한 미소가 맺혔다.

그는 곧바로 에디라스를 향해 말했다.

"그보다 혹시 알아보셨습니까? 마왕 데세오가 로이스에게 죽임을 당한 것이 진정 사실이오니까?"

그러자 에디라스의 표정이 침중하게 굳었다.

"놀랍지만 사실로 밝혀졌다. 지금 마계 쪽은 발칵 뒤집혔지."

"역시나 무서운 놈이군요. 마왕을 죽일 줄이야."

하긴 얼마 전 로이스에게 목뼈가 부러져 죽었던 때를 떠올려 보면 나칸은 지금도 가슴이 철렁할 정도였다.

에디라스가 싸늘히 웃었다.

"운이 좋은 걸 수도 있지. 대마왕 불칸의 부활로 인해 마왕들이 자리를 지켜야 하는 상황이 아니었다면 지금쯤 로이스 놈은 뼈도 추리지 못했을 것이다."

"바로 그것 때문에 우리가 그놈을 직접 처치할 수밖에 없는 상황입니다. 하지만 분명 마왕들 중에서도 로이스를 손보기 위해 움직이는 이들이 있을 것입니다."

"짐작 가는 이가 있느냐?"

그러자 나칸이 기이한 미소를 흘리며 대답했다.

"마왕 크리움입니다."

"크리움?"

"제가 그에 대해서는 조금 알고 있습니다. 그는 로이스를 죽이기 위해 잔뜩 벼르고 있을 겁니다."

한때 마왕 크리움의 하수인이었던 나칸이 그에 대해 어찌 모르겠는가. 물론 라키아 대륙을 그에게 바치려다가 실패하자 결국 버림을 받았을 뿐 아니라 마나도 몽땅 빼앗겼지만 말이다.

나칸은 그 크리움을 로이스를 잡는 데 끌어들일 생각이었다.

에디라스가 고개를 갸웃했다.

"데세오가 당했는데 크리움이 섣불리 혼자 나서겠느냐?"

"나서게 해야지요. 로이스를 해치울 방법을 알려 주면 됩니다."

"설마 크리움에게 로이스를 유인하라고 말하려는 것이냐?"

"그렇습니다. 제가 물론 여러 방법으로 로이스를 이곳으로 유인해 보겠지만 실패할 가능성이 높습니다. 하지만 크리움이 나선다면 반드시 성공할 것입니다."

"그걸 어찌 확신하느냐?"

"음모나 작전을 꾸미는 데는 마왕을 능가할 수 없지요. 우리의 고민을 크리움이 하게 만들면 됩니다. 그는 수단과 방법을 가리지 않고 로이스를 바룬 성 외곽에 위치한 이상 차원 기류가 있는 곳으로 이끌 것입니다."

"마왕인 그가 우리의 손을 빌려 놈을 상대하려고 할지 의문이군."

"그는 마왕이지만 무모한 전투를 좋아하지 않습니다. 반드시 이기는 전투만 선호하지요. 따라서 우리의 작전을 말해 주면 오히려 반길 것입니다."

그러다 나칸은 의미심장한 표정을 지으며 말을 이었다.

"그러나 만약 크리움이 혼자서 독단적으로 로이스를 상대하려고 한다면 오히려 로이스에게 당할 수도 있습니다. 사실 이쪽도 가능성이 적지는 않습니다."

"그럼 어찌 되는 거냐?"

에디라스가 인상을 찌푸렸다. 나칸은 히죽 웃었다.

"어찌 되긴요. 우리에겐 손 안 대고 코 풀 일이 생길 것입니다. 아무리 불칸의 부활이 중요하다지만 마왕이 둘이나 로이스 놈에게 죽는다면 그들이 가만있겠습니까?"

"대거 몰려올 수도 있겠군."

"흐흐, 바로 그겁니다."

에디라스의 안색이 밝아졌다. 나칸의 말이 제법 일리가 있었던 것이다.

그런데 그는 일순 나칸을 슥 노려봤다.

"그러고 보니 너는 아주 무서운 계략을 꾸미고 있군. 널 버린 크리움을 이 기회를 빌려 제거하려는 것이 아니냐?"

순간 나칸이 흠칫했다. 에디라스가 자신의 심중을 꿰뚫어 봤기 때문이었다.

"허헛, 그리될 수도 있겠지요. 하오나 저는 크리움이 우리 작전대로 움직여 주기를 오히려 더 바라고 있습니다. 그래야 일전의 패전에 대한 설욕을 제대로 할 수 있지 않겠습니까?"

"그건 맞는 말이다. 로드께서도 우리가 직접 로이스를 해치우길 바라실 것이다."

"어떻게 될지는 그때가 되어야 알겠지요. 그러나 상황이 어느 쪽으로 흐르든 로이스 놈은 무조건 제거될 것입니다."

에디라스가 비릿한 미소를 흘리며 끄덕였다.

"반드시 그래야지. 일단 크리움은 내게 맡겨라. 내가 그를 설득해 로이스를 제거하는 데 움직이도록 해 보겠다."

용자 제라칸은 이미 많은 마왕들과 교분이 있었으며, 그중에는 크리움도 속해 있는 터라 그와 연락을 취하는 것은 어렵지 않았다.

사실 마왕들은 제라칸과 친하게 지내려고 먼저 손을 내미는 상황이었다. 그 이유는 용자들을 상대할 때 가장 골치 아픈 미스토스 결계를 무력화시킬 수 있는 힘이 제라칸에게 있기 때문이다.

그것을 바탕으로 제라칸은 많은 마왕들과 긴밀한 협조 관계를 구축했고 수많은 거점들을 세울 수 있었다.

그 사실을 들어 알고 있는 나칸은 회심의 미소를 지었다.

"흐흐, 그리만 된다면 일은 이미 성사된 것이나 마찬가지입니다. 조만간 로이스 놈뿐 아니라 아스피스 성과 아쿠아스 성도 로드의 수중에 떨어질 것입니다."

"그사이 너 또한 준비된 작전을 펼치도록 해라."

"알겠사옵니다, 총사."

나칸의 입가에 맺힌 미소가 짙어졌다.

*   *   *

휘이이이—

용자 아시엘과 용자 칼리스의 동맹을 성사시킨 로이스는 마음 푹 놓고 하늘을 비행 중이었다.

[미스토스의 은총이 당신의 노력에 대한 보상을 줍니다.]

[당신의 날개 비행 능력이 7단계가 되었습니다.]

[비행이 좀 더 편해지며 속도가 빨라집니다. 비

행 전투가 좀 더 수월해집니다.]

'달리 할 일도 없으니 비행 속도나 올려놔야겠다.'

마계에서처럼 빠르게 비행할 수 없다 해도 비행 단계가 올라가면 속도가 빨라진다. 만약 50단계까지 올린 후 상급으로 각성하면 그 속도는 아마 상상을 초월할 것이다.

휘이이이―

새처럼 하늘을 나는 것은 지상을 달리거나 수중을 잠수하는 것과는 다른 매력이 있었다.

피론 호수도, 하얀 구름들도 저 아래 있었으니까.

'시원하긴 하지만 심심하기도 하군.'

하늘을 나는 것이 신나는 것도 잠깐일 뿐이지, 그것도 종일 날고 있다 보면 지루해지는 것은 당연했다.

그러나 원래 수련이란 것치고 어디 하나 쉬운 것이 있었던가.

로이스는 비행 단계를 높이려 애썼다.

[당신의 날개 비행 능력이 8단계가 되었습니다.]

날이 저물 무렵 로이스는 날개 비행 능력을 8단계까지 올리는 데 성공했다.

'후후, 제법 빨라졌네.'

이제 슬슬 돌아갈까 하다가 문득 위쪽을 바라봤다.

까마득한 상공.

겉보기엔 라키아 대륙에서 보던 하늘과 크게 다를 바 없는 것 같지만 막상 높이 올라와 바라보니 뭔가 알 수 없는 거대한 힘이 느껴지고 있었던 것이다.

'대체 저 힘은 또 뭐지?'

익숙한 것 같으면서도 매우 낯선 힘이었다.

그래서 그것의 정체도 알아볼 겸 더 위로 올라가 보았다.

휘이이이—

위로 올라갈수록 그 익숙하면서도 낯선 기운이 더욱 짙게 느껴졌다.

로이스는 계속 올라갔다.

'끝도 없네.'

그렇게 한참의 시간이 흘렀다.

대체 얼마나 올라온 것일까?

심지어 아래가 보이지 않았다.

그런데 어느 순간부터 비행 속도가 떨어지더니 일순간 기어가는 것처럼 느려졌다.

동시에 사방에서 알 수 없는 충격이 밀려왔다.

마치 뭔가 엄청난 힘이 전신을 마구 후려치는 것 같달

까?

"으윽! 이게 뭐지?"

심지어 마왕의 붉은 날개도 세차게 흔들리며 찢어질 듯 위태했다.

이대로라면 날개가 떨어져 나가 버릴 것 같았다.

그때 날개 안에서 쉬고 있던 바람의 정령 라샤가 깨어나더니 다급히 외쳤다.

"로, 로이스 님! 이곳은 위험해요. 어서 아래로 내려가야 해요."

"으으! 그렇지 않아도 내려가려는 중이야. 그런데 이 이상한 기운은 뭐지?"

"차원의 벽일 거예요. 샤론 대륙의 모든 상공을 덮고 있는 지붕 같은 것이죠."

"차원의 벽? 샤론 대륙의 지붕?"

"저도 잘은 몰라요. 그냥 이 위로 계속 올라가면 차원의 힘에 의해 완전히 소멸되어 버린다는 정도만 알고 있어요. 마왕들도 이 근처로는 얼씬도 못한대요."

라샤는 기막혀하는 듯했다.

로이스가 수련을 위해 자유 비행을 하고 있을 때는 굳이 방향을 알려 줄 필요가 없어 쉬고 있었는데, 설마 이런 엉뚱한 짓을 벌일 줄은 몰랐던 것이다.

"어서 내려가셔야 해요. 흑! 날개가 부서지면 저는 즉시 소멸되고 말 거예요."

라샤는 울먹였다. 로이스의 날개 안에 있는 터라 멀쩡한 것이지 날개 밖이었으면 이곳까지 올라오기는커녕 진작 흔적도 없이 사라져 버렸을 것이다.

"내려가고 있으니 염려 마."

로이스는 라샤를 달래며 계속 하강했다.

'뭔가 짜릿하네.'

차원의 벽이 주는 가공스러운 압력에 엄청난 고통이 느껴졌지만 뭔가 신선했다.

물론 그렇다고 로이스가 고통을 즐기는 그런 괴상한 취향이 있는 건 아니었다.

그저 자신이 감히 어쩌지 못하는 미증유의 힘이 존재하고 그것에 잠시 근접했었던 것이 신기하게 느껴졌을 뿐이다.

범접하지 말아야 할 신의 영역과 같은 곳에 다녀온 기분이랄까?

'종종 한 번씩 올라와 봐야겠어.'

아래로 내려오자 비행 속도는 원래대로 회복됐다.

Chapter 7
차원의 벽

　잠시 후 아스피스 성으로 귀환한 로이스는 릴리아나를 찾아갔다.

　"다녀왔어."

　그러자 릴리아나가 기다렸다는 듯 뭔가를 내밀었다.

　"로이스 님! 어서 유액 드세요. 아침에 생선만 구워 드시고 유액은 빠뜨리셨어요."

　"아, 맞다. 고마워."

　로이스는 유액을 단숨에 들이켰다. 요즘은 유액을 마셔도 전투력이 증가한다거나 하는 건 없으니 뭔가 아쉬웠다.

　'며칠째 마셔도 맷집이나 미흐가 하나도 안 오르네. 유

액도 이젠 별로 도움이 안 되는 걸까?'

사실 유액으로 상승하기엔 로이스의 전투력이 너무 오른 상태였다. 얼마 전 매브왕과 아즈검 수백 마리를 해치웠는데도 레벨이 한 단계도 오르지 않았을 정도이니까.

'뭐 그래도 유액은 맛있으니 마셔 줘야겠지.'

그때 릴리아나가 로이스를 슥 노려보며 말했다.

"로이스 님은 지겨워하실지 모르지만 저의 유액은 매우 특별한 거예요. 미스토스의 계약으로 인해 저의 유액에는 미스토스의 기운이 농축되어 있거든요. 그러니 지겹다 생각 말고 꾸준히 드세요."

"그럼 난 유액을 먹기만 해도 미스토스가 늘어나고 있는 거야?"

"그건 아니고 그냥 로이스 님이 보다 빨리 강해지는 데 기여를 하고 있다는 뜻이죠. 모든 힘의 근원인 미흐를 자유롭게 쓸 수 있는 것도 유액 때문이라고요. 그건 알아주셨으면 해요."

방금 전 로이스가 유액을 먹고 나서 별것이 없다는 듯 시큰둥한 표정을 짓는 것을 보고 릴리아나는 서운했던 것이다.

로이스는 빙긋 웃었다.

"그런 게 없다고 해도 난 유액을 매일 마실 테니 염려 마. 유액을 마시는 건 하루 중 가장 즐거운 시간이거든."

"정말이죠?"

"물론이야. 마실 때마다 항상 뭔가 힘이 세진 느낌도 들
거든. 유액을 마시지 못한다면 난 너무 불행할 거야."

그러자 릴리아나는 만면에 미소를 지으며 좋아했다.

"다행이에요."

"근데 차원의 벽은 뭐야?"

"차원의 벽이요? 왜 갑자기 그걸 궁금해 하세요?"

"하늘 위로 높이 올라가 봤는데 이상한 곳이 있었거든.
그게 차원의 벽이라고 해서 말이야."

순간 릴리아나의 안색이 하얗게 변했다. 본래도 하얀 피
부지만 얼마나 놀랐는지 더욱 창백해진 것이다.

"설마 차원의 벽이 있는 상공까지 올라가 보셨나요? 세
상에! 그 높은 곳까지 올라가다니! 거기가 얼마나 위험한
곳인지 아세요?"

"난 그냥 뭐가 있는지 궁금해서."

"아……."

릴리아나가 충격을 받았는지 비틀거렸다. 로이스가 그녀
를 슬쩍 부축했다.

"대체 차원의 벽이 뭔데 그렇게 놀라는 거야?"

"차원의 벽이 정확히 뭔지는 저도 몰라요. 샤론 대륙에
서 가장 강한 힘인 차원력이 만들어 놓은 신비한 벽이라는

정도만 알 뿐이죠. 거기에 가면 뭐든 소멸되어 버리니 두 번 다시 그곳에 접근할 생각하지 마세요."

릴리아나는 가슴을 쓸었다.

그녀는 로이스가 설마 차원의 벽에 접근했을 줄은 상상도 못했던 것이다. 그곳은 가고 싶다고 해서 갈 수 있는 곳이 아니다.

새나 비행 몬스터들은 차원의 벽이 있는 고도에 이르기도 전에 힘이 빠져 버릴 테니까.

적어도 마왕의 날개 정도가 아니면 올라갈 수조차 없는 곳이었다.

"마왕의 날개를 얻으셨다고 했을 때 미리 주의를 드렸어야 했는데 다 제 잘못이에요. 하마터면 큰일 날 뻔했잖아요. 두 번 다시 그쪽으로는 얼씬도 하지 마셔야 해요. 알았죠?"

로이스는 머리를 긁적였다.

"난 그냥저냥 버틸 만하던데 라샤가 너무 겁을 줘서 내려왔을 뿐이야."

"그야 당연하죠. 로이스 님은 미흐를 다룰 수 있으니까요. 미흐는 차원의 벽이 아니라 어떤 기운에도 흩어지지 않거든요."

"미흐 때문이라고?"

"미흐의 기운이 로이스 님을 보호했을 거예요. 하지만

그렇다고 피해를 입지 않는 건 아니에요. 그런 이상기류에 오래 노출되어 있으면 죽을 수도 있어요."

릴리아나는 그 말과 함께 뭔가 뿌듯한 표정을 지었다.

"로이스 님이 이렇게 살아 있을 수 있는 것도 다 제가 준 유액을 꾸준히 마신 덕분이라고요. 물론 그 이전에 루비아나 님의 유액을 마셨던 것이 더욱 크긴 하겠죠."

"그럼 앞으로 더욱 열심히 유액을 마셔야겠구나."

"맞아요. 바로 그거예요."

릴리아나 역시 로이스 못지않게 단순한 편이라 금세 만면에 미소를 지었다.

그때 로이스가 돌연 눈을 빛냈다.

"가만! 그럼 혹시 바룬 성의 외곽에 있다는 그 이상한 차원력의 흐름이라는 것 말이야. 난 미흐를 쓸 수 있으니 거기를 통과해도 전투력이 떨어지거나 하진 않을 것 같은데?"

"그게 무슨 말이죠?"

"그러니까 바룬 성에는……."

로이스는 아이리스가 하르켄을 통해 알아낸 내용을 말해 줬다. 그러자 릴리아나가 빙긋 웃었다.

"진작 제게 물어보지 그러셨어요. 다른 이들은 몰라도 로이스 님 앞에서 그런 건 우스울 뿐이죠."

"……."

로이스는 맥 빠진 표정을 지었다. 아이리스가 골머리를 싸매고 있고 로이스 역시 한동안 조용히 죽치고 있었던 게 다 그 이상한 차원력의 흐름이라는 것 때문이었다.

그런데 릴리아나의 말대로라면 로이스에겐 아무런 걱정 거리도 아니었던 것이다.

'나 참, 쓸데없는 고민을 하고 있었네.'

릴리아나는 당연히 해결책을 모를 것이라 생각하고 물어 보지도 않았던 것이 문제였다.

아니, 로이스가 부하들과 항상 생선을 구워 먹으면서 회 의를 하다 보니 근처에 릴리아나가 없었던 이유도 있었다.

"그럼 그 이상한 흐름이라는 것이 바로 차원의 벽이랑 비슷한 건가 보군."

"비슷해요. 하지만 실제 차원의 벽에 비하면 아주 미미 한 정도죠. 그렇지 않았다면 근처에 접근하는 이들은 전투 력이 떨어지는 정도가 아니라 다 죽었을 걸요."

"그렇겠지."

로이스는 의미심장한 미소를 지었다.

'이렇게 된 이상 지체할 필요가 없겠어.'

당장 내일 바룬 성을 향해 출진할 생각이었다.

'그렇지 않아도 몸이 근질거렸는데 잘됐군.'

빨리 아이리스에게 이 사실을 알려 주고 싶었지만 그러

기엔 이미 밤이 늦은 터였다.

'지금쯤 잠들어 있겠지.'

그렇다면 잠을 깨우기보다는 내일 아침 생선을 구워 주며 알려 주는 게 나을 것이다.

'나도 이만 자야겠군.'

꽃밭 중앙의 궁전으로 향하는 중에 부하들의 거처를 슥 살펴보니 과연 모두 불이 꺼져 있었다.

다만 스텔라의 수련장에서는 아직 인기척이 느껴졌다.

"아직도 수련 중인 건가?"

로이스가 가 보니 스텔라는 가히 무아지경 속에서 두 자루의 단검을 휘두르고 있었다.

그런데 그녀의 단검을 뒤덮은 광채가 심상치 않아 보였다.

선명하면서도 강렬하지만 매우 안정되어 있었다.

'저 광채는?'

오러 블레이드보다 한 단계 높은 인텐스 오러 블레이드였다.

그뿐만이 아니다.

스텔라는 그 인텐스 오러 블레이드가 맺혀 있는 두 자루의 단검을 허공으로 던진 후 그녀의 의지대로 조종하며 사방을 공격하고 있었다.

콰쾅! 콰콰쾅!

두 개의 광채가 지날 때마다 수련장에 서 있던 수련 인형들이 박살이 났다가 다시 본래로 복원되었다.

물론 이 복원은 수련장을 관리하는 땅의 정령이 하는 일이었다.

땅의 정령은 로이스를 향해 꾸벅 허리를 숙였다.

그러나 스텔라는 얼마나 집중했는지 로이스가 보고 있는 줄도 몰랐다.

'방해하지 말고 가야겠군.'

로이스는 조용히 그 자리를 떠났다. 곧 스텔라가 그랜드 마스터의 경지에 이를 것 같았기 때문이다.

아니, 방금 전 펼친 놀라운 검무는 그랜드 마스터가 아니면 펼칠 수 없는 것이었다.

방금 전 스텔라는 그 경지에 들어선 것이 분명했다.

'후후, 꾸준히 수련하더니 역시 성과가 있구나. 내일 칭찬해 줘야겠어.'

로이스는 흐뭇한 표정을 지으며 자신의 거처로 들어간 후 정령들의 시중을 받으며 목욕을 마쳤다. 그리고는 푹신한 침대로 올라 잠을 청했다.

"후우!"

한편 스텔라는 길게 호흡을 내쉬었다. 공중을 난무하던

두 자루의 단검은 그녀의 양손으로 돌아온 터였다.

'드디어!'

그녀의 두 눈이 강렬히 빛났다.

'후후, 드디어 성공이야. 벽을 넘어섰어.'

이런 경지가 있다는 것은 알고 있었지만 도저히 넘어설 수 없는 벽이 존재해 포기했었다. 가망이 없다고 느껴질 만큼 큰 벽이었기에 더 이상 바라보지도 말자며 다짐하기도 했었는데.

믿을 수 없게도 지금 그 벽을 통과해 온 것이다.

정말 꿈만 같은 일이었다.

모두 수련의 서에 있던 그림자 스승이 알려준 대로 한 덕분이다.

그리고 최근에는 인어국의 대장군 소바로와 결투를 벌이며 깨달음을 얻기도 했다. 놀랍게도 그 머맨 장수는 그랜드 마스터의 경지에 이르러 있었던 것이다.

"헤헤! 뭔가 잘되셨나 보군요, 스텔라 님. 방금 전 로이스 님이 오셨다가 조용히 돌아가셨습니다."

땅의 정령의 말에 스텔라는 깜짝 놀랐다.

"로드께서 오셨었다고?"

"예, 아주 흐뭇한 미소를 지으시고는 가셨지요."

"후훗, 그러셨을 거야."

스텔라는 유쾌하게 웃었다. 로이스라면 그녀가 벽을 뚫었다는 것을 단번에 간파했을 테니까. 그런데도 조용히 돌아간 건 수련을 방해하지 않기 위함이었을 것이다.

　'내일 아침에 칭찬받겠구나.'

　로이스는 이런 일엔 꼭 칭찬을 하는 성격이었다. 스텔라가 쑥스러워서 그냥 넘어가려고 해도 크게 호들갑까지 떨어 주며 칭찬을 아끼지 않을 것이다.

　그런데 이젠 그런 칭찬에 적응이 되어서 받지 않으면 섭섭할 것 같았다.

　스텔라는 상쾌한 기분으로 욕실로 향했다. 대기하고 있던 물의 정령이 그녀의 목욕을 도와주고 바람의 정령이 몸을 깨끗이 말려 주었다.

　미스토스가 늘어나면서 로이스의 부하들에게도 정령 시종들이 세심하게 배치된 것이다.

　'아 개운해. 난 하루 중 이때가 가장 좋아.'

　하루의 수련을 마치고 잠을 청할 때의 나른함. 이는 예전 나칸의 하수인으로 있을 때는 느껴 보지 못했던 편안함이었다.

　그렇게 침대에 누운 지 얼마나 지났을까?

　그녀의 의식은 곧바로 꿈속으로 빠져들었다.

<u>스스스</u>.

스텔라는 황량한 황무지에 서 있었다.

그런 그녀의 앞에 나타난 노마법사.

그는 다름 아닌 나칸이었다.

"잘 있었느냐, 아이야? 그렇지 않아도 네가 잘 지내고 있는지 걱정했단다."

나칸은 매우 인자해 보이는 미소를 짓고 있었다. 그런 그를 노려보는 스텔라의 두 눈에서 싸늘한 한광이 번뜩였다.

"나칸! 네가 내 앞에 나타나다니! 드디어 죽을 자리를 찾았구나. 오늘 널 죽여 내 죽은 부모님의 원수를 갚겠다."

푸확!

그 말이 끝나기도 전에 그녀의 단검 하나가 날아가 나칸의 심장에 박혔다.

"쿠우우욱!"

그러자 나칸이 고통 속에서도 무척 슬퍼 보이는 표정으로 스텔라를 바라봤다.

"스텔라……! 넌 크게 오해하고 있구나. 내가 비록 많은 잘못된 짓을 저질렀지만 스텔라 너에 대한 것은 모두 진실이다. 나는 널 딸처럼 생각했다."

"거짓말! 날 이용해 먹으려는 속셈이었겠지."

"거짓말이 아니다. 나는 네 부모를 죽인 적이 없고, 오히려 네 부모를 죽인 놈들을 죽여서 원수도 갚아 주었다. 네가 누구의 말을 듣고 날 그리 오해하는지는 모르지만 적어도 네 앞에서 나는 당당하단다."

"다, 닥쳐! 가증스럽구나. 끝까지 나를 속일 셈이냐?"

그러나 그 말과 달리 스텔라의 음성은 떨렸다.

정말로 나칸은 스텔라가 로이스를 만나기 전까지 아버지처럼 그녀를 대해 주었기 때문이다.

하지만 그보다도 스텔라는 지금 상황을 이해할 수 없어 혼란스러웠다.

나칸이 심장이 찔리고도 멀쩡한 상태였기 때문이다.

"뭐야? 무슨 수작을 부리는 거지?"

그때 나칸이 눈물을 흘리며 말했다.

"솔직히 말하마. 여긴 네 꿈속이다."

"꿈이라고?"

"나는 네게 꼭 하고 싶은 말이 있어 네 꿈속에 들어온 것이다. 나 또한 마왕 크리움에게 속았다. 나는 그를 위해 평생을 바쳤지만 그는 나를 버렸다."

"흥! 그래서 지금은 타락한 용자 제라칸의 하수인이 된 것이냐?"

그러자 나칸이 탄식했다.

"그 또한 후회하고 있다. 나는 그가 타락한 용자가 아닌 진정한 용자인 줄 알았다. 그래서 그의 말대로 했지만 그것이 얼마나 잘못된 일인지 깨달았지."

"그래서 내게 할 말이 뭔데?"

"바룬 성의 주위는 차원력의 이상 흐름이 존재하고 있으니 네 주인 로이스에게 절대 그곳을 공격하지 말라고 전해라. 지금 총사 에디라스는 물론이고 마왕 크리움까지 네 주인 로이스를 그곳으로 끌어들여 죽이려 하고 있다."

스텔라는 뭔가 복잡한 표정을 지었다.

"그것을 왜 내게 말해 주는 거지?"

"난 네 주인 로이스가 절대로 죽지 않기를 바라고 있기 때문이야. 그리고 이것을 꼭 네게 전해 주고 싶구나."

나칸은 한 장의 두루마리를 손에 쥐고 있었다.

"그게 뭔데?"

"지도다. 차원력의 이상 흐름을 피해 은밀히 바룬 성으로 들어올 수 있는 길을 표시해 두었다. 이것이 있으면 바룬 성을 쉽게 공략할 수 있을 것이다."

나칸의 눈빛에서 진정성이 느껴졌다. 하지만 스텔라는 아직도 뭔가 꺼림칙한 표정으로 말했다.

"그럼 그것을 내게 줘."

"여긴 네 꿈이라 줄 수 없다. 이것을 받고 싶으면 지금 즉시 아스피스 성 동쪽 숲으로 나오거라. 난 이것만 네게 전해 주고 돌아갈 것이다."

"닥쳐! 내가 나갈 것 같으냐?"

그런데 나칸은 그대로 흐릿해지더니 사라졌다.

동시에 스텔라는 눈을 번쩍 떴다. 주위를 살펴보니 릴리아나의 꽃밭에 위치한 그녀의 침실이었다.

"꿈이었어. 너무 생생하구나."

스텔라는 나칸이 눈물을 흘리던 표정이 떠올랐다.

정말로 그가 뉘우치고 있는 것처럼 보였다.

더구나 제라칸 쪽에서 마왕 크리움까지 끌어들여 음모를 꾸미고 있는 것도 알려 줬다.

'그냥 꿈일 뿐이겠지. 꿈속이니까 그런 이상한 일이 벌어지는 거야.'

그녀가 볼 때 나칸은 절대 뉘우칠 자가 아니었다.

그러나 꿈에서 본 그의 진지한 표정이 상념에서 사라지지 않았다.

'혹시 모르니 한번 나가 볼까? 어차피 밑져야 본전이잖아.'

지도를 얻을 수 있다면 로이스에게 큰 도움이 될 것이다.

잠도 안 오니 산책도 할 겸 나가 보기로 했다.

꽃밭의 경계에 이르자 릴리아나가 환영처럼 그녀의 앞에 나타났다.

"이 밤중에 어딜 가는 거죠?"

"산책 좀 하려고요. 수련을 했더니 잠이 안 오네요."

"그렇군요. 무슨 일 있는 건 아니죠?"

"네, 걱정 마세요."

그러자 릴리아나는 빙긋 웃으며 손을 흔들었다. 스텔라는 꽃밭의 경계를 벗어나 아스피스 성의 내성에 서 있었다.

'정말 그가 그곳에 있을까?'

스텔라는 순식간에 내성과 두 개의 외성을 가로질러 동쪽 숲으로 들어갔다.

그런데 어둠 사이로 환한 빛이 비추고 있었는데 그곳에 낯익은 이가 서 있었다. 다름 아닌 나칸이었다.

"어서 오너라, 아이야. 널 기다리고 있었다."

나칸이 온화하면서도 부드러운 미소를 지으며 반겼다. 스텔라는 싸늘한 표정으로 대꾸했다.

"지도를 내놔. 과연 네 말이 맞는지 보겠다."

스텔라는 나칸을 아직 믿을 수 없었다. 나칸이 얼마나 음흉한 자인지를 보았기 때문이다.

그러나 아까 꿈에서 슬피 울던 그 표정을 잊을 수 없었다.

그러다 보니 마음 한편에서 정말로 나칸이 뉘우친 게 아닐까 하는 생각도 들었다.

'나칸이 정말 생각을 돌이켰다 해도 그를 죽여야 하는 건 어쩔 수 없는 일이야. 그는 용서받기에는 너무 큰 죄를 지었어.'

그중에는 사르곤 제국의 황제와 황후, 황태자까지 시해한 일도 있다. 아이리스가 지금 나칸이 이곳에 있는 걸 알면 얼마나 분노할지 상상이 안 되었다.

또한 로이스 역시 나칸을 절대 용서하지 않을 것이다.

당연히 스텔라 역시 나칸을 용서할 생각은 없었다.

"정말 당신의 말이 사실이라면 어서 지도를 내놔."

"여기 있으니 살펴봐라."

나칸은 지도가 그려진 두루마리를 내밀었다. 곧바로 그것을 받아 든 스텔라는 두루마리를 펼쳐 봤다.

과연 바룬 성과 그 주위를 상세히 그려 놓은 지도였다. 또한 비밀 통로도 그려져 있었다.

'정말이었네.'

그녀는 나칸을 바라보며 씁쓸한 미소를 흘렸다.

"나칸! 당신이 과거 일을 후회하건 말건 이젠 이미 늦었어. 남의 손에 죽지 말고 차라리 내 손에 죽는 게 좋을 거야. 고통 없이 죽여 줄 테니 눈을 감아!"

그 말과 함께 스텔라는 단검 하나를 빼 들고 나칸을 노려봤다.

그러자 나칸이 알 수 없는 미소를 흘렸다.

"뭐 눈을 감는 건 어렵지 않단다. 언젠가 나도 죽겠지. 하지만 꼭 이 자리에서 네 손에 죽고 싶지는 않구나."

"그게 무슨 소리냐?"

"곧 알게 될 것이다, 스텔라."

그 말과 함께 나칸의 두 눈에서 기이한 빛이 번쩍였다.

순간 스텔라가 들고 있던 지도 두루마리에서 시커먼 빛 무리가 뿜어져 나와 그녀의 몸을 뒤덮었다.

"흥! 내가 당할 것 같으냐?"

스텔라는 나칸이 뭔가 술수를 부렸다는 생각에 단검을 던졌다.

번쩍!

인텐스 오러 블레이드의 기운이 담긴 광채!

오늘 터득한 새로운 경지의 공격을 처음으로 적에게 펼쳐 본 것이었다.

콰앙!

그런데 그때 누군가 나칸의 앞에 서서 그것을 막았다.

웬 온화한 인상의 여인이었다. 그녀는 방패를 휘둘러 너무나도 쉽게 스텔라의 공격을 쳐 내 버렸다.

"당신은 또 누구?"

그녀에 대해 의문을 갖는 사이, 스텔라는 나칸이 은밀히 날린 마법에 적중되고 말았다.

파지지지직!

강력한 뇌전이 몸을 강타한 순간 스텔라는 정신이 핑 돌았다. 나칸이 키득 웃었다.

"그만 저항하고 봉인되어라."

두루마리에서 흘러나온 시커먼 빛이 어느새 그녀의 전신을 휘감고 있었다.

"으윽! 이, 이건?"

그녀는 꼼짝도 할 수 없었다. 이내 시커먼 빛무리에 의해 두루마리 속으로 빨려 들어가 버렸다.

놀랍게도 그녀의 모습이 두루마리에 정교한 그림으로 나타났다.

나칸은 그 두루마리의 그림을 노려보며 비릿한 미소를 흘렸다.

"스텔라, 난 널 아이 때부터 보아 왔다. 네년의 모든 생각과 행동이 내 손바닥 위에 있다는 뜻이지. 그런 네가 날 배신하고도 멀쩡할 줄 알았느냐?"

스텔라를 가둔 두루마리는 총사 에디라스에게 받은 미스토스의 봉인 두루마리였다. 나칸은 그것이 꽤 쓸 만하다는 생각에 미소 지었다.

"이제 처절한 징벌로 깨우쳐 주마. 감히 날 배신한 것이 얼마나 큰 죄인지 말이야. 크크큭!"

순간 두루마리에 그려진 스텔라의 두 눈에서 눈물이 흘러내렸다.

나칸은 그런 그녀를 비웃으며 두루마리를 둘둘 말아 한 손으로 쥐고는 멀리 아스피스 성을 슥 노려봤다.

"이제 시작이다, 로이스. 네놈은 절대 죽음을 벗어나지 못할 것이다."

그러자 여인 발리나가 담담히 미소 지었다.

"이건 무조건 성공해야 해요, 나칸 경. 실패하면 그대는 물론이고 나까지 큰 추궁을 당하고 말아요."

"흐흐, 염려 마시지요, 발리나 님. 이 일은 실패하고 싶어도 실패할 수가 없습니다."

"부디 그리되길 바라죠."

그들의 몸이 이내 어둠 속으로 사라졌다.

그 순간 용자의 기사 카로드의 처소.

사르곤 제국에서는 공작의 작위를 갖고 있던 그는 최근 용자 아시엘의 기사가 된 이후 삶의 새로운 전성기를 맞이하고 있었다.

오래도록 정체되어 있던 검술의 경지가 한 단계 상승했기 때문이다.

비록 사르곤 제국에서는 황제를 지키지 못했지만, 이제 이 무한 세계인 샤론 대륙에서 용자 아시엘을 지키며 끝없이 강해지고 싶은 것이 그의 소망이었다.

그리고 지금대로라면 그 소망은 이루어질 것 같았다.

그렇게 뿌듯한 마음으로 잠을 청했는데, 그의 꿈에 갑자기 나칸이 나타났다.

그곳은 매우 익숙한 곳이었다. 바로 아스피스 성 동쪽 숲이라 가끔 카로드가 정찰을 가기도 하니까.

그런데 그 숲에 나칸이 모습을 드러낸 것이다.

"네 이놈! 나칸! 네놈이 죽고 싶어서 내 앞에 나타났구나."

카로드는 나칸을 보는 순간 분노를 주체할 수가 없었다.

황제와 황후를 그가 보는 앞에서 단검을 찔러 시해하던 나칸의 모습을 그가 어찌 잊을 수 있겠는가.

그런데 나칸은 무엇 때문인지 피투성이 상태였다. 전신에 입은 상처를 보니 금세라도 숨이 넘어갈 것 같았다.

"크으윽! 카로드 공작! 내가 당신에게 무슨 할 말이 있겠소? 모두가 내 탓이었소. 마왕 크리움 그놈에게 조종당하지만 않았어도……."

"마왕의 하수인으로 살았던 놈이 이제야 그따위 후회를

한다 한들 그게 무슨 소용이겠느냐? 질긴 목숨으로 지금까지 잘도 살아남았다만 이제 그만 미련을 버리고 떠나라."

카로드는 나칸의 마지막 숨통을 끊어 버리기 위해 검을 번쩍 들었다.

그러자 나칸이 다급히 외쳤다.

"나는 죽어도 상관없소만 이 사실은 꼭 전해야겠소. 지금 라테르 황제와 세리나 후작이 마왕 크리움의 부하들에게 납치를 당했소."

"그게 무슨 헛소리냐?"

"마왕 크리움이 보복을 시작했소. 그 목표는 로이스란 놈이 될 것이나 그 전에 사르곤 제국부터 손을 보는 중이오. 내가 다급히 라테르 황제 폐하와 세리나 후작을 마족들로부터 빼내 저 동굴 안에 두었소."

커다란 바위 옆에 은밀히 보이는 동굴이었다. 카로드는 깜짝 놀라 외쳤다.

"저 동굴 안에 폐하가 계시다는 말이냐?"

"그렇소. 내 이 정도로 지난날의 과오가 씻기지는 않겠지만 그래도 조금이나마 뉘우치는 마음으로 폐하와 세리나 후작을 구했으니 어서 그들을 데려……."

그 말을 끝으로 나칸은 그대로 축 늘어지더니 숨이 멎었다.

"허억!"

카로드는 잠에서 깨어났다.

'이건 뭔가? 너무도 생생한 꿈을 꾸었구나.'

전신이 식은땀으로 축축할 정도였다.

'동쪽 숲의 동굴이라고?'

단지 꿈이라고 보기엔 너무 생생했다. 그렇다고 꿈을 믿고 그곳에 가 보는 것도 매우 우스운 일이었다.

잠시 고민에 잠기던 카로드는 눈을 빛냈다.

'가서 진짜 그곳에 동굴이 있나 확인을 해 봐야겠군.'

그럴 리는 없겠지만 만에 하나 꿈이 뭔가를 알려 주는 것이라면 그곳에서 분명 뭔가 심상치 않은 일이 벌어지고 있을 것이다.

이 밤중에 용자 아시엘과 총사 등에게 이 사실을 고하는 건 큰 결례였다. 카로드는 즉각 성을 나서 동쪽 숲으로 향했다.

Chapter 8
마왕 크리움

잠시 후 카로드는 아스피스 성 동문으로 나가 숲으로 들어섰다.

'저기 바위가 있군.'

꿈속에서 보았던 바위를 찾았다. 그 옆을 수색해 보니 과연 자세히 살피지 않았다면 드러나지 않았을 동굴이 하나 있었다.

'뭔가 좋지 않은 기운이 느껴지는군. 혹 마물이라도 있는 것인가?'

만약 그런 것이라면 즉시 제거해야 하리라.

스릉.

그는 즉시 검을 뽑아 들고 동굴 안으로 진입했다.

그런데 그가 그렇게 몇 발자국 내딛는 순간.

스스스스.

갑자기 사방의 공간이 뒤바뀌어 버렸다.

어둑한 동굴이 아닌 알 수 없는 암흑의 공간이었다.

그리고 그의 앞에는 염소의 머리에 오크의 몸체를 가진 거대한 괴수가 서 있었다.

"크크크크크크! 왔느냐, 인간?"

"누구냐, 네놈은?"

카로드는 그 괴수를 향해 검을 겨눴다.

'으으! 이 전율스러운 기운은 대체 무엇인가? 도무지 저 놈의 정체를 알 수가 없구나.'

이전에 사르곤 제국의 황궁에서 그를 몰아붙였던 최상급 마족 자레아에게서도 느껴 보지 못했던 가공스러운 전율!

검을 휘두르기는커녕 제대로 서 있지도 못할 지경이었다.

"내가 누구냐고? 너 따위 하찮은 인간 앞에 나의 존재를 드러낸 것은 지극히 이례적인 일이니 영광으로 알 거라."

"닥쳐라! 네놈이 무슨 마왕이라도 된다는 것인가?"

그러자 괴수의 두 눈에서 붉은 광망이 번쩍였다.

"그렇다. 내가 바로 마왕 크리움! 나는 아주 오래도록 라키아 대륙을 암중에서 지배해 온 어둠의 왕이니라."

"으으! 마, 마왕이라고?"

카로드는 이곳에 설마 마왕이 있을 줄은 상상도 못했다. 만약 그런 줄 알았다면 그 즉시 아시엘에게 알리고 섣불리 성 밖으로 나오지 않았을 것이다.

'나칸, 그놈이 나를 이곳으로 불러낸 것이 바로 이 때문이었구나.'

비로소 나칸이 꿈을 통해 흉계를 꾸몄음을 알아챘지만 이미 늦고 말았다.

"으하하하! 네놈이 마왕이라면 잘 만났다. 단칼에 죽여주마!"

카로드는 전력을 다해 검을 휘둘렀다. 그의 가문의 비전 검술인 절대공검을 뛰어넘는 이 검격은 공간을 쪼개는 정도가 아니라 붕괴시켜 버릴 만한 가공할 위력이 있었다.

콰르르릉!

푸른 광채로 번쩍이는 그의 검이 전방을 쾌속하게 내리친 순간 마왕 크리움의 몸에 푸른빛의 수직선이 생겨났다. 동시에 그 선을 중심으로 푸른 빛무리가 사방으로 퍼지더니 크리움의 몸체를 그대로 날려 버렸다.

콰아아앙!

설마 이긴 것인가? 사력을 다해 펼치긴 했지만 그것이 마왕에게 통할 것이라고는 생각하지 못했다.

스스스!

그러나 사방으로 흩어졌던 크리움의 몸체는 언제 그랬냐는 듯 다시 합쳐지더니 본래의 모습으로 돌아왔다.

"고작 이건가? 네놈이 그 로이스란 놈을 빼고는 아스피스 성에서 가장 강하다고 해서 내가 직접 강림하였거늘."

투덜거리는 크리움의 얼굴에는 실망한 기색이 역력했다. 어둠 속에서 거대한 손이 튀어 나가 카로드의 몸을 움켜쥐었다.

콰악!

"크으윽!"

순간 카로드는 한 줌의 마나도 쓸 수가 없었다. 저항 자체도 불가능했다.

"크카카카카카카! 하찮은 인간 놈이여! 처참한 고통 속에서 죽어 가라."

크리움은 카로드를 쥔 손에 힘을 주었다.

"크으윽! 으아아아악!"

단순히 손의 압력 때문에 비명을 지르는 것이 아니었다. 마왕이 펼친 이 어둠의 손에는 수백 가지의 저주가 깃들어 있어 인간이 견딜 수 없는 무서운 고통을 주기 때문이었다.

그때 누군가 다급히 외쳤다.

"그를 죽이면 안 돼요. 미스토스로 봉인해 가둬야 해요."

마왕 앞에서도 전혀 위축되지 않는 여기사. 그녀는 바룬성 최강의 기사라 불리는 발리나였다. 크리움은 힐끗 고개를 돌려 발리나를 노려봤다.

"알고 있다, 제라칸의 기사. 내가 그 정도도 모를 거라 생각하느냐?"

"알면 됐어요. 이제 그만 그 손을 풀고 작전대로 움직여 주세요. 로이스란 녀석이 눈치채기 전에 최대한 많은 이들을 끌어내 가둬야 해요."

"염려 마라. 이미 내 권속들이 작전을 수행하고 있으니 말이야."

크리움은 발리나를 못마땅한 듯 노려봤다.

그는 오래전 제라칸과의 사이가 나빠져 한바탕 전쟁을 벌인 적이 있었다.

그러나 그때 마왕으로서의 체면을 구기는 일이 발생했으니.

마왕인 그가 단 한 명의 여기사에 가로막혀 물러난 것이었다.

그 여기사가 바로 지금 눈앞에 서 있는 발리나였다.

그 어떤 공격도 막아 내는 불가사의한 방어력의 소유자!

그녀에게는 마왕이 펼칠 수 있는 최강의 공격인 윙 블레이드조차 통하지 않았다.

만약 그녀가 막강한 공격력까지 갖췄더라면 마왕들에게는 그야말로 공포의 대상일 것이다. 그러나 다행스럽게도 공격력은 방어력에 비해 형편없었다.

"어서 이놈을 봉인해라. 나는 다른 곳으로 가 보겠다."

크리움은 실신한 카로드를 발리나에게 던졌다.

"수고하셨어요, 크리움 님."

발리나가 부드럽게 미소 지었다. 크리움이 그녀를 노려봤다.

"웃지 마라. 가증스럽게 보이니까."

"그래 봤자 어디 마왕인 당신만 하겠어요?"

"난 그래도 환하게 웃으면서 적을 죽이진 않아. 적어도 적에 대한 예의는 갖춰야지. 그런데 네년은 매우 선량해 보이는 미소를 지으며 적을 죽이니 가증스럽다는 뜻이다."

"무서운 표정을 지으면서 죽이는 것보다는 밝게 웃어 주는 것이 더 낫지 않을까요?"

"그게 적에게 더 모욕이다. 차라리 나처럼 공포스러운 표정을 지어 주는 것이 더 낫지."

"그야 생각하기 나름이겠죠. 그럼 전 바쁘니 이만."

발리나는 다시 온화해 보이는 미소를 지으며 사라졌다. 그녀 앞에 쓰러져 있던 카로드 역시 어딘가로 사라지고 없었다.

크리움이 인상을 구겼다. 그는 발리나가 매우 거슬렸다.

'발리나! 언제고 네년 또한 죽이고 말리라.'

그러나 그렇게 투덜대는 것과는 달리 그의 몸은 다시 어딘가로 이동했다. 제라칸의 총사 에디라스가 알려 준 작전을 수행하기 위함이었다.

'로이스! 지금은 그놈을 죽이는 것이 다른 모든 것보다 우선이지.'

그사이 다른 공간에서 다시 모습을 드러낸 그의 두 눈에서 핏빛 광망이 섬뜩하게 번쩍였다.

그의 앞에는 웬 황금발의 미소년이 당혹스러워하는 표정으로 서 있었다.

"다, 당신은?"

"크크크크크! 란델! 네놈이 감히 나를 배신하고도 무사할 줄 알았느냐?"

"나는 당신을 배신하지 않았다. 당신이 날 버렸을 뿐이다."

란델의 음성이 떨렸다. 그러자 크리움이 잡아먹을 듯 사납게 그를 노려봤다.

"닥쳐라! 내가 배신했다면 한 것이다. 조만간 네놈 또한 가장 고통스럽게 죽여 주마."

어둠의 손이 돌풍처럼 날아가 란델의 몸을 움켜쥐었다.

그때 로디아는 아쿠아스 성에서 칼리스가 처리해 준 매브왕의 가죽과 내단을 살펴보며 밤을 지새우는 중이었다.

'이 내단이 있으면 마전함이 마정석을 사용했을 때와는 비교할 수 없는 놀라운 위력을 발휘할 거야.'

로디아는 매브왕의 내단이 스스로 마나를 흡수해 소진된 마나를 회복하는 능력도 있음을 알게 되어, 잔뜩 고무된 상태였다.

특히 수중에서의 마나 회복력이 경이적으로 빨랐다. 이를 잘 이용하면 무한 동력으로 사용할 수 있을 것이다.

'아함! 시간이 너무 늦었네.'

내단을 살펴보며 새로운 마전함을 연구하다 보니 밤이 이렇게 늦은지도 몰랐다. 그녀는 하품을 하다 깜빡 졸고 말았다.

그리고 그녀는 눈을 감자마자 꿈속에 빠져들었다.

"로디아 님!"

"당신은 누구죠?"

꿈속에서 로디아의 앞에 모습을 드러낸 이는 전신이 찬란한 은빛으로 번쩍이는 머메이드였다.

"저는 피론 호수의 요정이에요. 오래도록 잠들어 있던 고대의 보물이 숨겨진 장소를 당신에게 알려 드리고 싶어요."

"고대의 보물이라고요?"

"아주 고대에 샤론 대륙을 누비던 거신기병이죠. 마왕들도 두려워하던 전설의 마도구랍니다."

거신기병이라는 전설의 마도구!

"그 보물이 어디에 있는데요?"

"바로 이 지도에 그 보물이 숨겨진 장소가 나와 있어요. 날 만나고 싶으면 지금 성 밖으로 나오세요."

그 말을 끝으로 머메이드 요정은 사라져 버렸다.

동시에 로디아는 꿈에서 깨어났다.

'뭐가 이리 생생한 걸까?'

요정이 사라진 장소는 성에서 멀지 않은 수중 언덕이었다. 로디아도 잘 알고 있는 곳이었다.

그런데 한낱 꿈을 꾼 것 때문에 그곳에 가자니 왠지 우스웠다.

'그냥 몸이 피곤해서 망상이 꿈으로 나타난 것일 거야.'

최강의 마전함을 만들겠다는 그녀의 욕심이 이상한 꿈을 불러왔을 가능성이 높았다.

'아무래도 꽃밭으로 돌아가서 쉬는 게 좋겠어.'

포탈을 향해 걸어가던 그녀의 앞에 용자 칼리스와 이네르타가 보였다. 그들은 수련을 하고 있다가 로디아를 보자 반색했다.

"로디아 경, 이 늦은 시간에 잠을 안 자고 있는가?"

"이제 자려고요. 그보다 혹시 피론 호수의 요정이라는 존재도 있나요?"

"피론 호수의 요정? 그야 물론 있을 것이다. 그런데 그건 왜 묻는가?"

"꿈속에 고대 거신기병이 있는 장소를 알려 주겠다면서 요정이 나타났거든요."

그러자 칼리스는 호기심이 생기는지 눈을 빛냈다.

"고대 거신기병이라면 인어국에 전설로 내려오는 거대한 마법 전함으로 알고 있다."

"마법 전함이라고요?"

로디아의 눈도 빛났다. 칼리스는 고개를 끄덕였다.

"허무맹랑한 일일 수도 있지만 한번 그곳에 가 보는 게 어떤가? 정말로 그것을 얻을 수 있다면 대단한 행운이겠지. 고대의 거신기병이 어떻게 생긴 건지 나도 궁금하구나."

"그렇게 말씀하시니 산책 삼아 한번 가 보고 싶군요."

"호위가 필요하면 용병들을 붙여 주겠다."

"아니에요. 혼자서도 충분해요."

로디아는 빙긋 미소를 지으며 아쿠아스 성을 빠져나갔다. 마법사인 그녀는 마전함과 같은 탑승물이 없어도 물속을 이동하는 것에 아무런 불편함이 없었다.

마치 물의 정령과 같은 모습으로 변해 순식간에 물고기처럼 물살을 헤쳐 꿈에 본 장소로 이동했다.

그런데 놀랍게도 그곳엔 꿈에서 보았던 은빛 머메이드 요정이 정말로 그녀를 기다리고 있었다.

"어서 와요, 로디아 님. 기다리고 있었어요."

"잠깐! 넌 대체 뭐지?"

멀리서 볼 때는 몰랐지만 가까이에서 보니 사악한 마기가 느껴졌던 것이다. 딱 봐도 마족인 것이 분명했다.

'이런! 내가 방심했구나.'

로디아는 뭔가 잘못되었음을 느끼고는 곧바로 아쿠아스성으로 도주하려 했으나 머메이드 요정이 키득거리며 앞을 막았다.

"후훗, 쓸데없는 짓이란다. 넌 이미 포위됐거든."

어느새 앞의 머메이드 마족 못지않은 기세를 풍기는 마족이 둘이나 더 나타나 그녀를 포위한 상태였다.

"흥! 너희들의 뜻대로 되지 않을 것이다."

로디아는 다급히 미스토스의 결계를 펼쳐 주변을 방어했다. 마법서 아르니아를 통해 미스토스 결계를 펼치는 법도 배웠고, 로이스로부터 1카퍼스의 미스토스를 위임받기도 한 터라 언제든 미스토스 결계를 펼칠 수 있었다.

이 방어 결계 안에만 있으면 미스토스가 떨어지기 전에는 마족이 아니라 마왕이라 해도 그녀를 어쩌지 못할 것이다.

그러나 그 또한 소용없었다.

나칸의 제자인 파디안이 가볍게 그녀의 미스토스 결계를 흩어 버렸기 때문이다. 타락한 용자의 부하답게 미스토스의 힘을 무력화시킬 수 있는 것이었다.

"이, 이런!"

로디아는 당황했다. 공간 이동 마법을 펼치려 했지만 마족들의 방해로 마나가 흩어져 버렸다.

"후후후훗, 저항해 봤자 소용없단다."

"위대하신 마왕 크리움 님의 뜻이다! 순순히 있거라, 인간 소녀여!"

그와 함께 시커먼 암흑의 기운이 로디아를 뒤덮어 버렸다.

*   *   *

그렇게 바룬 성과 마왕 크리움의 연합 작전은 모두가 예상할 수 없는 순간에 급작스럽게 이루어졌다.

스텔라와 카로드, 란델, 로디아에 이어 아스피스 성에서는 제국 연합군의 지휘관 수십 명이, 인어국에서는 대장군 소바로를 비롯해 대신들 중 다수가 마왕과 마족들의 농간에 바른 성의 포로가 되고 말았다.

이는 거의 동시지간에 이루어진 일이었다.

스텔라와 란델, 로디아의 종적이 거의 동시에 끊긴 것에 놀란 릴리아나가 이상함을 눈치채고 로이스를 깨웠을 때는 이미 늦은 터였다.

"로이스 님! 어서 일어나 보세요."

"무슨 일이야?"

"아무래도 스텔라와 로디아, 란델에게 무슨 일이 생긴 것 같아요."

"뭐?"

로이스는 깜짝 놀라 벌떡 일어났다. 릴리아나가 수심이 가득한 표정을 지었다.

"그들의 의식이 느껴지지 않아요. 그들에게 무슨 일이 생겼다면 제가 소환했을 텐데, 그것이 불가능해요. 이건 미스토스의 힘으로 봉인되었을 때만 벌어지는 현상이에요."

"설마 제라칸의 부하들에게 잡힌 건가?"

"스텔라가 갑자기 산책을 나간다고 했을 때 말렸어야 했는데 제 잘못이에요. 그리고 란델은 아스피스 성의 수비를 도와주느라 결계 바깥에 있을 때가 많아서 신경을 쓰지 못했어요."

릴리아나가 탄식했다. 로이스가 물었다.

"미스토스의 봉인이라는 게 뭐지? 그거에 당하면 네가 소환도 할 수 없다는 거야?"

"네. 이래서 우리에겐 타락한 용자들이 가장 무서운 적일 수밖에 없어요. 로이스 님 또한 이렇게 되지 않도록 조심하셔야 해요. 마왕에게 당할 땐 소환할 수 있지만 미스토스의 힘에 봉인되면 그곳의 미스토스가 고갈될 때까지 저로서도 속수무책이거든요."

"젠장!"

로이스는 제라칸에 대한 분노를 참을 수가 없었다.

어디 용자가 할 짓이 없어서 그 좋은 미스토스의 힘으로 마왕과 같은 사악한 짓을 하고 있다는 말인가?

'반드시 없애 버린다.'

그러나 지금은 일단 부하들을 구해 내는 게 급선무였다.

그때 아이리스와 루니우스가 달려왔다.

"로드! 로디아가 사라졌다는 것이 사실인가요?"

아이리스는 울상이었다.

"로디아뿐 아니라 스텔라와 란델도 사라졌어. 아무래도 제라칸의 부하들에게 당한 것 같아. 대체 어떤 식으로 꾀어 냈는지는 모르지만 말이야."

아이리스가 탄식했다.

"나칸이 뭔가 흉계를 꾸미며 올 거라 예상했는데 이런 식일 줄은 몰랐군요."

"나칸의 흉계라고?"

"틀림없어요. 그들은 포로를 빌미로 로드를 바룬 성으로 끌어들일 생각이에요. 차원력의 이상 흐름에 노출시켜 로드를 손쉽게 쓰러뜨릴 계획이겠죠. 절대로 그들의 작전에 휘말려선 안돼요."

그러자 로이스가 픽 웃었다.

"그런 건 염려할 것 없어. 난 그따위 차원력의 흐름에 영향을 받지 않으니까."

"네? 그게 무슨 말이죠?"

"나도 모르고 있었는데 릴리아나가 알려 줬거든. 내가 가진 미흐의 기운은 차원력 따위에 흩어지지 않으니 전투력이 떨어지거나 하는 일이 없다는 뜻이야."

"아! 그런 걸 모르고."

아이리스는 잠시 멍해졌다. 그동안 그녀는 두문불출하며 계책을 짜내느라 골머리를 싸맸지만 아직도 해결책을 찾지 못해 우울해하고 있었던 것이다.

그러나 로이스의 말을 들은 그녀의 안색은 순식간에 밝아졌다.

"그럼 의외로 일이 쉽게 해결되겠군요."

"쉽게 해결돼?"

"저들이 원하는 건 로드를 바룬 성 쪽으로 끌어들이는 것이죠. 로드께선 어쩔 수 없다는 듯 그들의 요구에 응해 바룬 성으로 들어가시면 돼요. 슬쩍 기운이 떨어진 척 연기를 하다가 성안에 입성하고 나서 모조리 쓸어버리시면 되잖아요."

그 말에 로이스의 안색도 환해졌다.

"맞아. 바로 그거야. 그런 좋은 방법이 있었군."

릴리아나도 밝아진 안색으로 고개를 끄덕였다.

"그게 최선이에요. 어차피 그들은 로디아 등을 죽일 수 없어요. 죽이는 순간 그들은 이곳에서 부활할 테니까요."

"최대한 빨리 바룬 성을 박살 내고 부하들을 데려와야지."

그러자 릴리아나가 묘한 미소를 흘렸다.

"데려올 필요 없이 바룬 성을 박살 낸 후 그곳에 씨앗만 심으시면 돼요. 그 뒤는 제가 알아서 하겠어요."

"좋아. 그럼 당장 바룬 성으로 가 볼까?"

아이리스는 고개를 흔들었다.

"기다리고 있으면 그쪽에서 먼저 연락을 취해 오겠죠. 그보다 이제 아스피스 성이나 아쿠아스 성의 상황이 어떻게 됐는지 알아봐야 해요. 로디아가 당했을 정도면 아쿠아스 성에도 그들의 마수가 뻗친 것이 틀림없어요."

"당장 아시엘을 만나 봐야겠군."

로이스는 즉각 꽃밭을 나섰다.

그런데 이때 아스피스 성 역시 발칵 뒤집힌 상태였다.

카로드를 비롯한 지휘관 수십 명이 갑자기 실종되었으니 총사 타르파가 그것을 알아채지 못할 리 없었던 것이다.

한 명씩 시간을 두고 사라진 것이라면 미리 막아 보기라도 했을 텐데 모두 거의 동시에 벌어진 일이었다.

"대체 지금 무슨 일이 벌어진 거죠? 카로드 경과 수십 명의 지휘관이 실종됐다고요?"

아시엘이 묻자 타르파는 침중하게 굳어진 표정으로 대답했다.

"모든 것이 저의 불찰입니다. 간혹 성 밖으로 순찰을 나가기도 하는 터라 이번에도 그렇게 생각해 신경 쓰지 않았는데 설마 이런 일이 벌어질 줄은 몰랐습니다."

"소환도 불가능한가요?"

"미스토스의 힘으로 봉인된 상태면 저로서도 어쩔 방법이 없습니다. 타락한 용자 제라칸이 이렇게 갑자기 손을 써 올 줄은 상상도 못했습니다."

바로 그때 로이스와 아이리스 등이 아스피스 성에 나타나 아시엘을 찾았다. 타르파는 즉각 마중 나갔다.

"어서 오십시오, 로이스 님."

"성에 별일 없어? 혹시 누가 사라지거나 하지 않았어?"

"어떻게 그것을? 지금 카로드 경을 비롯해 수십 명의 지휘관들이 실종되었습니다."

타르파가 놀라자 로이스가 쓴웃음을 지었다.

"예상대로네."

특히 루니우스가 깜짝 놀랐다.

"아빠가 실종되셨다고요?"

"예, 루니우스 님. 총사로서 그런 일을 막지 못해 면목이 없군요."

타르파는 루니우스를 향해 고개를 숙였다. 루니우스는 고개를 흔들었다.

"당신의 잘못이 아니니 자책 말아요."

아이리스가 타르파를 향해 말했다.

"실은 우리 또한 스텔라와 로디아, 란델이 실종된 상태에요."

"그럴 수가! 그들까지 실종이 되었다니!"

그사이 이들은 모두 아시엘의 집무실에 도착했다. 그녀는 즉각 타르파에게 사정을 듣고 더욱 놀라는 표정을 지었다.

"로이스 님! 아무래도 바룬 성에서 작정을 한 모양이에요."

"아직 가 보진 않았지만 칼리스 쪽도 비슷할 거야. 누군지 모르지만 아주 기막힌 작전을 짠 거지."

그러자 아이리스가 눈을 빛내며 말했다.

"분명 나칸이에요. 그라면 이런 비열한 작전을 벌이고도 남아요."

아시엘은 고개를 끄덕였다.

"나칸이 살아서 끝까지 우릴 괴롭히는군요."

그녀는 울적해 보였다. 아스피스 성 최강의 검사인 카로드의 실종도 문제지만 용병들과 병사들을 통솔할 상급 지휘관들이 대부분 사라졌다는 것이 더욱 심각한 문제였다.

"대체 무슨 방법으로 그들을 모두 밖으로 유인한 것일까요?"

"저도 그게 궁금해요."

아이리스도 아직 그 방법을 알아내지 못한 터였다. 그러자 경비대장 스위니가 들어오며 말했다.

"아마 꿈일걸요."

"꿈이라고요? 그게 무슨 소리죠?"

"아까 갑자기 웬 요정이 꿈에 나타나서 아스피스 성의 남쪽 숲에 고대의 보검이 있다고 했어요. 꿈이 워낙 생생할 뿐 아니라 그 위치도 정확하게 기억나 한번 가 볼까 했죠. 혹시나 싶어서요. 젠장! 그런데 그게 바로 나칸의 수작이었다니!"

스위니는 분한 듯 주먹을 말아 쥐었다. 로이스가 물었다.

"근데 넌 왜 안 나간 거야? 나라도 그런 꿈을 꿨다면 나가 봤을 텐데."

"배탈이 나서 그만."

스위니는 어색한 표정으로 웃었다.

뭔가를 잘못 먹었는지 밤새 몇 번이고 측간을 드나들었던 그녀였다. 괴상한 보물 꿈을 꾸고 깨어났을 때도 남쪽 숲에 가기보다는 측간이 우선이었다.

그러다 간신히 속이 진정되어 숲으로 나가 볼까 하던 와중에 타르파로부터 카로드 등이 실종되었다는 말을 듣고 달려온 것이다.

아이리스가 고개를 끄덕였다.

"꿈을 통해 심리적인 허점을 파고들었던 것이군요. 각 사람의 마음을 움직일 만한 뭔가를 꿈을 통해 교묘히 흘려서 성 밖으로 끌어낸 거예요."

그 말에 스위니는 머쓱한 듯 머리를 긁적였다.

"그럼 제 마음의 허점은 보물이었다는 얘기군요."

"아마도요."

스위니는 반박하지 못했다. 명색이 성의 경비대장인데 쓸 만한 보검이 하나 있었으면 하는 것이 그녀의 바람이었던 것이다.

"그렇다고 한 번에 이토록 많은 이들이 순식간에 실종될 수가 있을까요?"

무엇보다 카로드와 스텔라, 로디아, 란델의 실종이 가장 충격적이었다. 두 명은 그랜드 마스터들이고 한 명은 마스터급 마법사이며, 란델은 상급 마족이 아닌가.

그런 그들을 단번에 제압할 수 있는 존재가 바룬 성에 있다는 것이 모두 충격이었다.

물론 로이스에게는 그냥 의외라 여겨질 뿐 충격까지는 아니었다.

"마왕들이 도왔을 수도 있겠지. 원래 타락한 용자들은 마왕들과 한통속이잖아."

로이스의 말에 아이리스가 고개를 끄덕였다.

"하긴 지난번에도 바룬 성은 마족들과 연합 작전을 펼쳤어요. 이번에도 그러지 않으리란 법이 없죠."

"어쨌든 걱정할 것 없어. 이번 일은 내가 알아서 해결할 테니까."

로이스가 별것 아니라는 식으로 말하자 아시엘이 놀라 물었다.

"무슨 대책이 있나요?"

"나칸은 제 꾀에 넘어갈 거야. 날 함정에 빠뜨렸다고 생각하겠지만 오히려 그가 함정에 빠진 거지."

로이스가 상황을 설명해 주자 아시엘의 표정이 환해졌다.

"그렇다면 오히려 지금이 바룬 성을 칠 절호의 기회군요."

"난 이 기회에 바룬 성을 쓸어버리고 그곳에 강력한 요새를 만들 거야. 납치된 포로들은 그때 모두 구할 수 있을 테니 염려하지 마."

로이스의 여유로워 보이는 눈빛에 아시엘은 안심이 되는지 이내 표정이 밝아졌다.

"로이스 님만 믿겠어요."

"그보다 넌 더 이상 피해가 생기지 않도록 성을 단속해. 무슨 일이 있어도 누구든 성 밖으로 나가지 못하게 해야 할 거야."

"알았어요."

아시엘이 고개를 끄덕이자 타르파와 스위니가 빠르게 집무실을 빠져나갔다. 로이스의 말대로 성의 출입을 철저히 단속할 생각인 것이다.

그런데 잠시 후 타르파가 다시 누군가를 데리고 들어왔다.

머메이드 타샤였다. 그녀는 공중에 살짝 뜬 채 헤엄을 치듯 날아 들어왔다.

Chapter 9
얕보이기 전술

"로이스 님! 아시엘 님! 모두 이곳에 계셨군요. 저는 칼리스 전하께서 보내서 왔어요."

로이스는 타샤를 보고는 한숨을 내쉬었다.

"네가 온 걸 보니 그쪽에서도 누군가 실종됐나 보군."

"어떻게 아셨어요? 로디아 님이 갑자기 사라지신 데다, 인어국에서는 대장군 소바로 님을 비롯해 대신들 중 다수가 실종되셨어요."

"그건 여기도 마찬가지야."

"맙소사! 대체 어떻게 된 일이죠?"

"타락한 용자 제라칸이 마왕들과 작당해서 일을 꾸몄

어."

"아, 그럼 어쩌죠? 큰일이군요."

마왕이라는 말에 타샤는 몸을 떨었다. 로이스는 그녀의
어깨를 잡았다.

"진정해, 타샤. 마왕들은 그들을 해칠 수 없으니까. 그리
고 칼리스에게도 걱정하지 말라고 전해. 내가 곧 해결할 거
야."

"네, 로이스 님의 말씀 그대로 전하겠어요."

로이스가 자신 있는 미소를 지어 보이자 타샤는 안심이
됐는지 밝은 표정으로 돌아갔다.

로이스는 아이리스를 쳐다봤다.

"이제 기다리고 있으면 그들이 알아서 연락을 해 올 거
란 얘기지?"

"틀림없어요. 어떤 식으로든 로드를 바룬 성으로 끌어들
이려 할 거예요."

그렇게 잠시가 지났을까?

아이리스의 예상대로 바룬 성에서 사신이 도착했다.

타락한 용자 제라칸의 진영에서 아스피스 성에 사신을
보내온 건 이번이 처음이었다.

아스피스 성 용자의 대전.

아시엘뿐 아니라 타르파와 로이스, 아이리스 등도 모두 대전에 모여 있었다. 로이스는 마왕의 붉은 날개를 어깨에 장착한 채였다.

그때 검은 후드를 눌러쓴 여마법사가 건장한 체격의 리자드맨 장수와 함께 대전으로 들어왔다. 여마법사는 후드를 뒤로 넘기고는 공손히 허리를 숙였다.

"용자 아시엘 님을 알현하게 되어 영광이군요. 저는 바룬 성에 소속된 파디안입니다. 성주이신 발리나 님의 뜻을 아스피스 성의 용자인 아시엘 님과 용병 로이스 님에게 전하기 위해 왔습니다."

나칸의 여제자인 파디안. 그녀가 온 것이다.

아이리스는 파디안을 이전에 황궁에서 몇 번 본 적 있었다. 대마법사 나칸이 아끼는 제자 중 하나가 바로 그녀였기 때문이다.

아시엘이 물었다.

"그 뜻이 무엇인가, 파디안?"

"성주님께서는 서로 간의 오해를 풀고자 로이스 님을 성으로 초청하셨습니다."

"오해라? 마왕과 결탁해 본 성의 기사와 지휘관들을 납치해 놓고 무슨 오해라는 것인가?"

아시엘은 분노가 가득한 표정을 지었다. 파디안은 의미

심장하게 웃으며 말했다.

"로이스 님이 어찌 나오시는가에 따라 그것이 오해가 될 수도 있고 아니면 본격적인 전쟁의 서막이 될 수도 있는 것이겠죠. 제가 드릴 말씀은 이것뿐입니다."

말은 아시엘에게 하고 있지만 의사는 로이스에게 묻고 있는 것이었다.

속이 빤히 보이는 얘기였지만 로이스는 흔쾌히 웃으며 고개를 끄덕였다.

"뭐 좋아. 오해가 있으면 풀어야겠지. 그 초청 받아들이겠다."

"안 돼요, 로이스 님! 적들의 함정이 있을지도 몰라요."

아이리스가 깜짝 놀란 표정으로 만류했다. 물론 이는 파디안을 속이기 위한 연기였다. 이런 식으로 그녀가 만류하는 것처럼 하기로 이미 로이스에게도 말해 두었다.

"괜찮아. 저놈들이 무슨 함정이나 수작을 부린다 해도 내 앞에서는 소용없어. 수틀리면 다 쓸어버릴 생각이니 염려 마."

그러나 아이리스는 물러서지 않았다.

"하르켄이 알려 준 정보를 잊으셨나요? 바룬 성 인근에는 스치기만 해도 전투력이 하락하게 되는 정체불명의 폭풍이 존재한다고요. 로드께서도 자칫 낭패를 당하실 수 있어요."

그러자 파디안이 흠칫 놀랐다.

'역시 스승님의 말씀대로야. 이쪽에서도 그 사실을 파악하고 있었군.'

곧바로 그녀는 미리 준비해 둔 말을 했다.

"그건 염려하지 않아도 됩니다. 바룬 성 주위에 이상한 폭풍이 있는 건 사실이지만 그것의 영향이 미치지 않는 곳들도 존재하니까요. 그렇지 않다면 저를 비롯한 바룬 성에 소속된 이들이 무사히 성을 오가는 건 불가능한 일이겠죠."

그럴 듯한 얘기였지만 아이리스는 그 말이 거짓말임을 알고 있었다. 그래도 짐짓 고민하는 표정을 지었다.

"정말로 그것이 사실이라 해도 그대들이 협상을 하려면 이곳에서 해도 충분하다. 어찌 로드를 그곳으로 오라하는 거지? 무슨 꿍꿍이를 부리지 않고서야 있을 수 없는 일이야."

"저는 그저 성주님의 뜻을 전해 드렸을 뿐 판단은 저의 몫이 아닙니다. 다만, 로이스 님이 오시지 않을 경우 포로들의 안전은 보장할 수 없다는 것을 잊지 마셨으면 합니다. 죽이지만 않을 뿐 차라리 죽는 것만 못할 고통을 겪게 될 테니까요."

"지금 우리를 협박하는 것이냐?"

아이리스가 노여움이 가득한 눈빛으로 노려봤지만 파디안은 묘한 미소를 흘릴 뿐이었다.

"됐어! 그만해라."

그때 로이스가 손을 흔들었다. 그는 짐짓 마왕의 날개를 활짝 펴며 스스로의 위용을 뽐냈다.

"아이리스, 난 이미 마음을 굳혔다. 저들에게 어떤 꿍꿍이가 있다 해도 날 어찌하지 못할 테니 염려할 것 없어."

"로드! 하지만."

"난 괜찮으니 두 번 말하게 하지 마라."

로이스가 단호하게 말을 하자 아이리스는 어쩔 수 없다는 듯 고개를 끄덕였다.

"그럼 저도 함께 가겠어요."

루니우스도 말했다.

"저 역시 수행하겠어요, 로드."

"아니야. 나 혼자 간다."

로이스는 고개를 흔들었다. 그리고는 파디안을 향해 말했다.

"길게 시간을 끌 필요 없겠지. 지금 즉시 갈 테니 날 안내해라, 파디안."

그러자 파디안도 뜻밖이라는 듯 눈을 크게 떴다.

'독불장군이라더니 설마 이렇게 나올 줄이야.'

사실 나칸은 이런 뻔한 수작에 로이스가 말려들지는 않을 거라 말했다. 때문에 파디안은 로이스가 거절하는 즉시 나칸이 알려 준 다른 작전을 펼칠 계획이었다.

그러나 로이스가 따라나선다고 한 이상 굳이 그럴 필요가 없었다.

'일이 생각보다 쉽게 풀리는구나.'

파디안은 속으로 쾌재를 불렀다.

"아주 현명하신 판단이군요. 그럼 안내하겠습니다. 저를 따라오십시오, 로이스 님."

"좋아, 안내해."

로이스는 즉각 파디안을 따라나섰다. 이에 아시엘 등이 놀라 만류했지만 소용없었다. 물론 그녀들이 만류하는 것도 다 미리 계획된 바였음을 파디안은 꿈에도 짐작하지 못할 것이다.

특히 아이리스는 속으로 회심의 미소를 지었다.

'파디안! 지금은 속으로 웃고 있겠지만 곧 그 웃음이 통곡으로 변할 것이다.'

그렇게 로이스가 파디안과 함께 사라진 이후에도 아이리스가 여유로운 표정을 짓고 있자 타르파가 불쑥 물었다.

"정말 안심해도 되겠습니까? 아무리 로이스 님이 차원력의 이상기류에 아무런 영향을 받지 않으신다 해도 혼자서 바룬 성 전체와 싸우는 건 너무 무모한 일일 수도 있습니다. 만약 마왕들까지 합류하면 큰일이 아닙니까?"

그러자 아이리스가 미소 지었다.

"어차피 마왕들은 합류하지 못해요. 그들이 바룬 성에 들어가면 전투력이 떨어질 텐데 그런 걸 감수하면서까지 들어갈 리가 없거든요. 다시 말해 외부의 지원을 없을 거라는 뜻이죠."

"아! 듣고 보니 그렇습니다."

타르파는 탄성을 질렀다. 아이리스는 말을 이었다.

"그리고 바룬 성에 애초부터 로이스 님의 전투력을 능가할 만한 이가 있었다면 진작 직접 나섰겠죠. 그들은 로이스 님의 전투력을 떨어뜨려 손쉽게 이길 거라 확신하고 있는 상황이에요."

"그럼 우린 이대로 기다리고만 있으면 곧 승전보를 들을 수 있겠군요. 정말 대단합니다."

타르파는 만면에 미소를 지었다. 아이리스의 말대로라면 지금까지 계속 아스피스 성을 위협하던 바룬 성은 로이스에 의해 초토화되고 말 것이다

"그렇죠. 다만 그사이 혹시라도 마왕들이 이곳이나 아쿠아스 성을 공격해 올 수도 있으니 방어 태세를 강화하고 대

비해야 해요."

그 말에 아시엘이 고개를 끄덕였다.

"나도 그렇게 생각해요. 로이스 님이 안 계신 동안 마왕들이 이곳을 공격할 가능성이 높아요. 특히 상급 지휘관들이 부재한 상황이라 방어 시 어려움에 처할 수 있어요."

그 말과 함께 그녀는 아이리스와 루니우스를 향해 정중히 부탁했다.

"그래서 두 분께 염치없지만 협조를 부탁드릴게요. 잠시만 성의 방어에 합류해 주세요."

"물론이에요. 아스피스 성을 지키는 건 우리의 임무이기도 해요."

아이리스와 루니우스는 기꺼이 수락했다.

*   *   *

한편 그사이 아스피스 성을 빠져나간 파디안은 바닥에 마법진을 그렸다.

츠츠츠츠!

붉은빛이 번쩍이는 마법진 위로 작은 포탈이 생성되자 파디안은 로이스를 향해 손짓했다.

"이곳으로 들어가시면 됩니다, 로이스 님."

"좋아."

로이스는 아무런 망설임도 없이 포탈 안으로 진입했다. 그 뒤를 따르는 파디안의 입가에 다시 의미심장한 미소가 맺혔다.

'정말로 단순한 녀석이군. 설마 아무런 의심도 들지 않는 걸까?'

단순하다 못해 한심하게 느껴질 정도였다.

어쨌든 무슨 상관인가. 이제 일은 성사된 것이나 마찬가지다.

그것도 아주 손쉽게 말이다.

화아아악!

잠시 후 환한 빛무리와 함께 로이스 일행은 피룬 호수의 동북단 수면 위에 모습을 드러냈다.

특이하게도 호수의 수면임에도 바닥으로 빠지거나 하지 않았다. 마치 수면 바로 아래 바위라도 있는 것처럼 말이다.

"여긴 물인데 왜 가라앉지 않지?"

로이스가 신기하다는 듯 물었다.

"여긴 호수처럼 보이지만 실은 육지예요. 여기서부터 저기 있는 성까지 쭉 걸어가시면 된답니다. 차원 폭풍으로 인해 성까지 통하는 공간 이동은 불가능해 이곳부터 모두 걸

어가고 있어요."

"좋아. 그럼 안내해."

"네, 따라오세요."

파디안은 앞서 걸었고 로이스가 그 뒤를 따라 걸었다. 맨 뒤로는 리자드맨 장수가 묵묵히 따라왔다.

로이스는 인근에 심상치 않은 기운이 흐르고 있음을 간파했다.

'차원의 벽에서 느꼈던 것과 비슷하면서도 다른 기운이야.'

눈으로 볼 수도 없으며 또한 기감이 둔한 이는 느낄 수도 없는 신비한 기운.

그러나 릴리아나의 말대로 저 상공 아득한 곳에 위치한 차원의 벽에 비하면 아주 미약한 기운일 뿐이었다.

그렇다 해도 바룬 성에 소속된 이가 아니면 지금 이 순간 전투력이 대폭 하락하고 말 것이다.

그러나 로이스에게 있어서는 아무런 영향도 미치지 못했다. 오직 미흐의 기운을 다룰 수 있는 자만 가진 특별한 면역 능력이 위력을 발휘한 것이다.

"으음."

물론 로이스는 아이리스가 시킨 대로 짐짓 기운이 빠진 것 같은 연기를 했다.

'참나, 별짓을 다 해 보네.'

사실 여기까지 온 이상 굳이 이런 한심스러운 연기를 할 필요는 없으리라. 이대로 성으로 날아 들어가 모조리 해치워 버리면 되기 때문이다.

그러나 그렇게 되면 일부 도주하는 녀석들이 생겨나게 될 것이니 문제였다.

'서두르면 안 돼.'

로이스는 수뇌부는 단 한 놈도 놓치지 않고 제압할 생각이었다.

'죽이면 안 되고 저항하지 못할 정도로만 제압해야 한다고 했어.'

그러면 지금 마왕의 붉은 날개 안에 스며들어 있는 물의 정령 퓨리가 미스토스의 힘을 이용해 그들을 봉인한다 했다.

로이스가 지상을 걸으면서도 굳이 날개를 장착하고 있는 이유는 바로 그 때문이었다.

'특히 나칸은 절대 놓칠 수 없지.'

얼마 전처럼 목뼈를 부러뜨려 죽여서는 안 된다. 그렇게 되면 제라칸의 다른 거점 성이나 본성에서 나칸이 부활하게 될 테니까 말이다.

'그놈은 무조건 봉인해야 돼.'

물론 봉인한 채로 잡아 두려면 미스토스가 꽤 소모되겠지만 로이스는 미스토스야 사실 남아도는 판이었다.

나칸 일당뿐 아니라 바룬 성의 기사들도 모조리 봉인해 두었다가 언젠가 제라칸을 해치우고 난 후 처치하면 될 것이다.

그래서 지금은 파디안의 눈을 속여야 했다. 최대한 약한 척을 해야 하는 것이다.

"으으!"

로이스는 슬쩍 비틀거리는 척을 하다가 이를 악물기도 했다. 누가 봐도 로이스의 몸에 뭔가 이상이 생겼다 여길 것이었다.

파디안이 회심의 미소를 지었다.

'후훗, 네놈은 이제 끝장이다, 로이스. 오늘로써 봉인되어 두 번 다시 날뛰지 못하게 될 것이다.'

파디안은 로이스의 전투력이 대폭 하락했을 것이라 확신했다.

그렇게 로이스가 그녀를 완벽하게 속이는 순간.

돌연 군주의 목걸이가 빛났다.

[미스토스의 은총이 당신의 노력에 대한 보상을 줍니다.]

[당신은 얄보이기 전술을 각성했습니다.]

[당신의 얄보이기 전술이 1단계가 되었습니다.]

[이후로 당신은 적에게 약해 보이는 것이 수월해집니다.]

[얄보이기 전술이 발동하면 포식자의 위압이 발현되지 않으며 적들은 당신을 매우 얄잡아 보게 될 것입니다.]

* 얄보이기(1단계)

—스스로의 전투력을 낮춰 적들에게 당신이 실제로 약한 것처럼 보이게 함.

—얄보이기 상태에서는 포식자의 위압을 비롯한 각종 위압이나 공포 효과가 발현되지 않음.

—속으로 '얄보이기'라고 외치면 전술이 발동되며 미흐 소모는 없음.

—속으로 '얄보이기 해제'라고 외치면 발동이 해제됨.

—[주의] 얄보이기 상태에서는 전투력의 일부만 발휘할 수 있음. 모든 전투력을 발휘하고 싶으면 얄보이기 상태를 해제해야 함.

'얄보이기? 뭐 이런 전술이 생기는 거냐?'

로이스는 어이가 없었다.

그간 생겨난 수백 가지 능력 중 두개골 깨기와 같은 괴상한 능력도 있긴 했지만 얄보이기처럼 엉뚱한 능력은 처음이었다.

'이런 걸 대체 어디다 쓰라는 거지?'

그러나 한편으로 생각해 보니 제법 유용한 전술이란 생각도 들었다.

'하긴, 적이 날 얄잡아 보면 상대하기 편하지 않을까?'

웬만한 몬스터들은 로이스에게서 피어나는 포식자의 위압으로 인해 접근 자체를 꺼린다.

그러다 보니 로이스는 언젠가부터 도주하는 몬스터를 쫓아다니며 해치워야 하는 신세가 되고 말았다.

심지어 로이스가 분노하면 포식자의 위압 최고 단계가 발동되어 마왕들조차 긴장하게 될 것이다.

어쩌면 마왕들도 로이스를 보면 도주하는 사태가 벌어질수도 있었다. 다행히 얄보이기 전술이 제대로 위력을 발휘한다면 그런 걱정은 안 해도 되리라.

'그럼 어디 한번 펼쳐 볼까? 얄보이기!'

이제는 애써 힘이 없는 것처럼 연기를 할 필요도 없었다. 속으로 이렇게 외치면 전술이 알아서 발동하기 때문이다.

[얄보이기 전술이 발동되었습니다.]

[당신의 전투력이 감소합니다.]

[본신의 전투력을 모두 드러내고 싶으면 얄보이기 상태를 해제하십시오.]

'후후, 괜찮네.'

이 전술을 펼치면 실제로 전투력이 감소한 상태이기 때문에 적에게 속임수를 간파당할 염려도 없었다.

그렇게 한참을 걸어 드디어 바룬 성 앞에 도달했을 쯤.

[당신의 얄보이기 전술이 2단계가 되었습니다.]

[얄보이기 전술의 효과가 증가합니다.]

[전투력이 더욱 감소합니다.]

'그사이 한 단계 올랐군.'

로이스는 뿌듯하게 웃었다. 이런 건 이제 당연하게 받아들였다. 웬만한 전술들은 대략 5단계까지는 매우 빠르게 오르기 때문이다.

"도착했습니다, 로이스 님. 이제 저 앞의 마법진에 오르시면 바로 성안으로 이동될 거예요."

"그래."

바룬 성에는 특이하게도 성문이라는 것이 존재하지 않았다.

오직 마법진의 포탈을 통해서만 진입이 가능했다. 마법진을 봉쇄해 버리면 성벽을 넘어야 들어갈 수 있는 것이다.

그런데 성벽의 높이는 가히 1백 로빗도 넘어 보였으니!

'이런 성을 그냥 힘으로 밀어붙여 점령하긴 매우 어렵겠구나.'

바룬 성이 괜히 난공불락의 요새라는 명성을 가지고 있는 것이 아니었다.

그러나 그런 만큼 로이스는 속으로 쾌재를 불렀다.

'앞으로 여긴 나의 주력 거점이 될 것이다.'

외부가 차원력의 이상기류로 뒤덮여 있는 천혜의 지형!

거기에 특별한 미스토스의 기운까지 흐르고 있으니 이보다 거점을 만들기 더 좋은 곳이 어디에 있겠는가.

그런 곳을 적의 안내까지 받으면서 편하게 들어가고 있으니 기분이 묘했다.

한편 로이스에게 그런 속셈이 있는지도 모르고 파디안은 작전이 성공했다며 좋아하고 있었다.

'호호, 스승님뿐 아니라 총사님도 매우 기뻐하실 거야. 일이 너무 쉽게 풀리는걸.'

그사이 그녀와 로이스는 마법진을 통해 바룬 성 내부로 진입했다.

로이스가 이동된 곳은 기사 발리나를 중심으로 수십 명의 기사들이 포진해 있는 거대한 원형의 결투장 같은 곳이었다.

파디안은 발리나를 향해 예를 취했다.

"다녀왔습니다, 발리나 님."

"수고했어요, 파디안."

그 말과 함께 발리나는 슬쩍 눈짓을 했다. 그러자 파디안은 잽싸게 그녀의 뒤쪽, 다른 기사들이 있는 곳으로 이동했다.

"어서 오세요, 로이스 님."

곧바로 발리나는 특유의 온화해 보이는 미소를 지으며 로이스를 반겼다.

"날 보자고 한 바룬 성의 성주가 바로 너냐?"

로이스는 팔짱을 낀 채로 그녀를 슥 노려봤다.

본래라면 이 순간 그의 두 눈에서 시퍼런 빛이 번쩍이며 발리나의 가슴을 철렁하게 만들었겠지만, 얕보이기 전술의 효과로 인해 그냥 쳐다보는 것처럼만 보였다.

"그래요. 내가 바로 바룬 성의 성주인 발리나랍니다."

발리나는 입가에 묘한 미소를 흘리며 대답했다. 그러나

그녀의 두 눈은 매우 날카롭게 로이스의 전신을 훑었다.

'믿을 수 없다. 전투력이 대폭 하락했을 텐데도 저 정도의 기세라니.'

파디안과 달리 발리나는 로이스의 숨겨진 기세까지 읽어 냈다.

즉 로이스가 일부러 약해진 듯 비틀거리며 연기를 해 봤자 발리나를 속일 수는 없었을 것이다.

그러나 얄보이기 전술은 눈속임이 아니라 실제로 전투력을 감소시킨다. 따라서 발리나 역시 로이스에게서 이상한 점을 발견할 수 없었다.

다만, 그녀가 놀란 이유는 로이스가 전투력이 하락한 상태에서도 무시할 수 없는 강한 기세를 풍기고 있기 때문이었다.

'마왕 데세오를 해치웠다는 말이 정말이었던 거야. 여기가 아니라면 저놈을 이기는 건 불가능한 일이겠구나.'

발리나뿐 아니라 그녀 뒤에 서 있는 기사들 역시 긴장한 기색이 역력했다.

모두들 말은 안 하고 있지만 경악한 상태였다.

지금의 로이스만 해도 그들이 전력을 다해야 이길 수 있을 테니까.

그렇다면 본래 전투력이 대체 얼마나 강하다는 말인가?

모두들 밖에서 로이스와 마주치지 않았던 것이 천만다행이라며 남몰래 가슴을 쓸었다.

"왜 날 불렀지? 용건이 뭐야?"

"내가 바룬 성의 성주인 건 맞아요. 하지만 모든 걸 결정하시는 분은 총사 에디라스 님이시죠. 잠시만 기다려 주세요. 곧 그분이 오실 테니까요."

"좋아. 그러지."

로이스는 자신을 포위한 기사들을 보며 의미심장하게 웃었다.

'이 성의 기사들인가? 역시나 작정을 하고 기다리고 있었군.'

놀랍게도 그들 각각의 전투력은 웬만한 마족을 훨씬 웃도는 것처럼 보였다.

저들의 합공을 받으면 설령 마왕이라 해도 쉽게 당해 내기 힘들 것이다. 특히 이 성에 진입하며 전투력이 하락한 상태라면 더더욱 상대조차 될 수 없으리라.

그러나 로이스는 느긋했다.

좀 번거롭긴 하겠지만 얕보이기 상태를 해제하지 않고도 저들을 충분히 상대할 자신이 있었으니까.

물론 일단 전투가 벌어지면 얕보이기를 해제한 후 전력을 다해 단숨에 쓸어버릴 것이다.

'아직 총사 에디라스라는 녀석과 나칸이 모습을 드러내지 않았으니 기다려 보자.'

로이스는 특히 나칸을 벼르고 있었다.

그런데 바로 그 순간 바룬 성의 한 밀실.

총사 에디라스와 나칸은 앞에 있는 마법 거울을 통해 결투장의 모습을 눈앞에 있는 듯 지켜보고 있었다.

에디라스의 안색은 밝은데 비해 나칸의 표정은 뭔가 심각해 보였다.

"총사, 아무리 생각해도 뭔가 석연치 않습니다."

"그게 무슨 말이냐, 나칸?"

"로이스란 녀석이 아무리 단순하다 해도 이토록 순순히 성으로 들어올 리는 없습니다. 분명 뭔가 꿍꿍이가 있어 보입니다."

그러자 에디라스가 픽 웃었다.

"나 또한 그런 의심은 하고 있다. 그러나 설령 그렇다 해도 그게 무슨 상관이냐? 저놈은 전투력이 대폭 하락한 상태고, 지금이 저놈을 봉인할 절호의 기회인데 말이야."

"그것이 아닐 수도 있습니다. 기우일지 모르지만 저는 최악의 상황을 대비해야 한다고 봅니다."

사실 나칸은 파디안이 로이스를 데리고 왔을 때 깜짝 놀라며 그를 성안으로 들이지 말자고 주장했다. 그러나 에디라스는 그의 말을 무시하고 로이스를 성안으로 들인 것이다.

나칸은 속으로 생각했다.

'이건 말도 안 되는 상황이로군. 지금쯤 저놈은 마왕 크리움과 전투를 벌여 그를 제거했어야 하는데, 이게 지금 어찌 돌아가는 것인가.'

나칸의 진정한 작전은 로이스가 크리움을 죽이고, 그에 격분한 마계의 마왕들이 대거 몰려와 로이스를 해치우는 것이었다.

즉, 포로들을 납치해 로이스를 바룬 성으로 초청한 것은 그 작전을 위한 일종의 속임수에 불과했던 것이다.

'정말로 저놈이 전투력이 떨어질 것을 각오하고도 이곳에 올 만큼 단순하다는 말인가?'

그럴 리가 없었다. 나칸은 그래서 혼란스러웠다.

'죽을 자리를 찾아 온 것이 아니고서야 이리 쉽게 들어올 수 없다. 이길 자신이 분명 있는 거야. 저놈은 분명 무슨 대책이 있는 게 틀림없어.'

그러나 나칸이 무슨 말을 해도 에디라스는 수긍하지 않았다.

"나칸, 너의 신중한 면이 나쁜 것은 아니다. 그러나 지금의 너는 신중한 정도가 아니라 소심하고 겁에 질린 모습을 보여 주고 있다. 저 로이스란 녀석이 그토록 무서운가?"

"그, 그게 아니오라……."

나칸은 속이 터졌지만 뭐라 항변할 말이 없었다. 에디라스가 싸늘히 웃었다.

"공연히 너로 인해 시간을 지체했구나. 이제 내가 나가 상황을 끝내야겠다."

그 말과 함께 에디라스의 모습이 사라졌다. 동시에 그의 모습은 결투장에서 나타났다.

그러나 나칸은 여전히 침중한 표정으로 거울을 노려봤다. 그러다 이내 두 눈을 빛냈다.

'다른 놈들은 다 속여도 내 눈은 못 속인다, 로이스. 이번에는 내가 패배했지만 다음에는 반드시 네놈을 죽일 것이다.'

나칸이 슥 고개를 뒤로 돌리자 그의 제자들이 나타났다.

스스스. 스스스스.

"다들 준비됐느냐?"

"예, 스승님. 그런데 어찌 성을 빠져나가시려는 것입니까?"

"정말로 총사님의 뜻을 거역해도 되는 것입니까?"

마크 등을 비롯한 제자들의 얼굴에는 불안한 기색이 역력했다.

Chapter 10
대왕 데스 가고일

　나칸은 무겁게 고개를 끄덕였다.

　"문책이야 당하겠지. 하지만 여기서 저놈에게 붙들리면 우린 끝장이다. 내가 확신컨대 이번 작전은 실패다. 다른 건 모르겠지만 난 저놈을 아주 잘 알고 있다."

　어떻게 아느냐고? 한 번 죽어 봤으니까. 로이스의 우악스러운 손에 목뼈가 부러져 죽었을 때의 그 끔찍했던 공포와 고통은 상상을 초월했다.

　그래서인지 나칸은 로이스를 향한 일종의 특별한 직감이 생겨난 것이다.

　나칸이 볼 때 지금 로이스의 상태는 함정에 빠져 있는 맹수의 모습이 아니라 느긋하게 사냥감을 노리는 포식자의 그것이었다.

'저놈의 전투력이 대폭 하락한 것만은 틀림없지만.'

그런데도 왜 이 같은 불길한 느낌이 드는지 모른다.

도무지 이유를 알 수 없는 이 불안감의 정체는 무엇일까?

나칸은 그래서 더욱 위험한 상황이란 확신이 들었다.

그때 마크가 눈을 빛내며 말했다.

"저희는 스승님의 직감을 믿습니다. 따라서 스승님이 어디로 가시든 저희는 따라갈 것입니다. 그런데 파디안은 어찌 되는 건지요?"

"애석하지만 어쩔 수 없다. 저 아이마저 구하려다간 우리도 위험해지니 후일을 기약하도록 하자. 잠시 후 전투가 시작되는 즉시 우리는 반대편으로 빠져나간다."

"예, 스승님."

한편 에디라스가 모습을 드러내자 로이스의 눈빛이 차갑게 번뜩였다.

"네가 제라칸의 총사 에디라스냐?"

그러자 에디라스가 잔잔한 미소를 지으며 대답했다.

"네가 로이스로군. 이곳이 어딘지 알면서도 단신으로 들어온 그 대단한 용기는 확실히 인정해 줄 만하구나. 어떤 가? 너의 그 용맹을 제라칸 님을 위해 펼쳐 보는 것이! 그리한다면 우린 네가 지금보다 훨씬 강해지도록 날개를 달아 주겠다."

"헛소리 집어치우고 날 만나자고 한 용건이나 말해."

로이스는 즉각 공격을 펼칠 수도 있지만 일단 참았다. 아직 나칸이 보이지 않았기 때문이었다.

에디라스가 조소를 흘렸다.

"지금 이곳엔 너의 부하들은 물론이고 아스피스 성과 인어국에서 잡아온 포로들이 갇혀 있지. 너는 그들을 살리고 싶지 않은 것인가?"

"물론 난 그들을 살리려고 왔다."

"그렇다면 잘 들어라. 이는 네게 주는 처음이자 마지막 기회이니까. 네가 만약 제라칸 님의 휘하로 들어온다면 아스피스 성과 아쿠아스 성에 대한 처리를 네게 전적으로 일임할 것이다. 인어국과 라키아 대륙도 마찬가지다. 오히려 너는 제라칸 님의 그늘 안에서 더욱 안전하게 그들을 보호할 수 있을 테니 얼마나 좋은가?"

"알아서 지켜 준다면 편하긴 하겠군."

로이스는 짐짓 긍정적으로 받아들이는 것처럼 중얼거렸다. 그러자 에디라스가 미소 지었다.

"물론이다. 네가 제라칸 님의 휘하에 든다면 이후로 샤론 대륙에서 누구도 널 귀찮게 하지 못할 것이다."

로이스는 잠시 고심하는 듯한 표정을 지었다. 그러나 에디라스의 말 때문이 아니라 나칸이 모습을 보이지 않아서였다.

'이상해. 왜 안 보이는 거지? 그놈이 혹시 뭔가를 눈치채고 도망가려는 것이 아닐까?'

그렇지 않고서야 로이스가 이곳에 나타났는데도 모습을 드러내지 않을 이유가 없었다. 그 누구보다 로이스가 처참하게 당하는 모습을 보고 싶어 할 텐데 말이다.

곧바로 로이스는 에디라스를 노려보며 말했다.

"그럼 나도 조건을 걸겠다. 내 조건을 받아들이면 네 말대로 하마."

"조건이 무엇인가?"

"제라칸이 나의 부하가 되는 거다."

그 말에 에디라스의 안색이 굳어졌다. 그는 키득 웃더니 고개를 끄덕였다.

"애초부터 네놈이 나의 제의를 받아들일 것이라 기대하지는 않았지. 그래도 혹시나 싶어 살길을 열어 준 것인데, 끝까지 죽겠다니 더 이상 말리지 않겠다."

그 말과 함께 에디라스는 한 손을 슥 들었다.

순간 거대한 결투장의 사방에 수천 명의 미스토스 용병들이 나타나 로이스를 향해 화살을 겨눴다.

"쏴라! 저놈을 공격해라!"

슉슉! 슈슈슈슈— 쏴아아아—

수천 명의 용병들이 쏘는데도 그 모든 화살이 하나도 빗나가지 않고 로이스를 향해 집중됐다.

그러나 로이스는 어렵지 않게 그것들을 피해 내며 앞으로 돌진했다.

퍼억—!

그야말로 눈 깜빡할 순간이었다. 로이스의 주먹이 그대로 총사 에디라스의 머리를 날려 버렸다.

'어차피 총사는 잡아 봤자 봉인할 수 없다고 했으니 가장 먼저 죽이는 게 낫겠지.'

로이스가 작정하고 공격을 한 덕분에 에디라스는 저항도 못해 보고 그대로 즉사했다.

스스스—

물론 그는 죽은 즉시 지하 부활 마법진이 있는 곳에서 부활했지만, 다시 로이스가 있는 곳으로 돌아올 엄두는 내지 못했다.

"모두 저놈을 공격하세요!"

그때 발리나가 로이스를 향해 돌진해 오며 크게 외쳤다.

순간 뒤쪽에 있던 기사들이 일제히 공격을 펼쳤다.

그중 반은 마법사들이었고 나머지는 활과 석궁 등으로 무장한 궁수들이었다.

화르르르! 콰콰쾅!

번쩍! 파지지직!

슈슈슉! 파파파팟—

콰쾅! 우르르르! 쿠콰콰쾅!

로이스를 향해 집중되는 가공스러운 공격들!

그러나 로이스도 멀뚱히 서서 그 공격을 맞고 있지 않았다. 마법 공격은 모조리 피하고 화살과 석궁의 볼트 등은 주먹으로 쳐 냈다.

물론 그 화살이나 볼트들의 위력은 결코 만만치 않았다. 오러 블레이드는 기본이고 인텐스 오러 블레이드를 방불케 할 막강한 기운들이 실려 있었으니까.

그러나 로이스의 주먹 앞에 그것들은 먼지로 변해 흩어져 버렸다.

"발리나! 너부터 해치워 주지."

곧바로 로이스는 전방에서 돌진해 오는 발리나를 향해 주먹을 날렸다.

퍼억—! 쾅!

그런데 놀랍게도 발리나는 방패로 가볍게 로이스의 주먹

을 쳐 냈다. 발리나는 묘하게 웃었다.

"후훗, 쉽지 않을 거예요."

퍼퍽! 퍼퍼퍼퍽—

로이스가 바람처럼 이동하며 빈틈을 공격하려 해도 마치 그녀 자체가 방패의 화신이라도 된 것처럼 모든 공격을 차단했다.

투웅!

심지어 방패로 로이스를 밀쳐 내기까지 했으니.

'윽! 이런!'

"지금이에요. 모두 일제히 공격!"

그렇게 뒤로 밀려나는 로이스를 보며 발리나가 크게 외치자 뒤쪽 마법사들과 궁수들이 다시 대거 공격을 퍼부었다.

우르르르! 콰아앙!

슈슈슈! 파파파팟—

로이스는 이번에도 가볍게 피해 냈다.

'내 앞에서 이 정도나 버텨 내다니 제법인걸.'

다른 건 몰라도 발리나의 방어 능력 하나만은 인정해 줄 만했다.

더욱 놀라운 일은 로이스가 뒤쪽의 마법사들을 공격하려고 해도 발리나가 마치 장벽처럼 로이스의 앞을 가로막아 버린다는 것!

그렇게 발리나가 완벽한 방패가 되어 주니 뒤쪽에 있는 마법사들과 궁수들이 마음 놓고 로이스를 향해 전력을 다한 공격을 퍼부었다.

화르르르! 콰아앙!

슉슉슉슉! 스파팟—

로이스는 정신없이 피했다. 그러다 문득 실소를 지었다.

'그러고 보니 깜빡했어. 얄보이기 해제!'

경황이 없어 전투력이 감소된 상태로 싸우고 있었던 것이다.

　　[얄보이기 상태가 해제됩니다.]
　　[당신의 전투력이 본래로 돌아옵니다.]

그 순간 로이스의 두 눈에서 시퍼런 빛이 번뜩였다.

이에 발리나 등이 움찔 놀랐다. 갑자기 달라진 로이스의 기세에 그들의 가슴이 철렁 내려앉았다.

'허억! 저럴 수가!'

갑자기 로이스로부터 느껴지는 엄청난 기세 앞에 그들은 놀랄 새도 없었다. 로이스가 발리나를 향해 그대로 돌진했던 것이다.

콰앙!

"아아아악!"

발리나는 방패가 찌그러진 채로 뒤로 나가떨어졌다.

"으윽!"

곧바로 그녀는 벌떡 일어섰지만 입에서 울컥 피를 쏟은 채로 비틀거렸다. 투구가 날아간 그녀의 머리는 헝클어져 있었고 눈과 코에서도 피가 흘러 내렸다.

"으으! 이, 이런 말도 안 되는……."

그녀는 도저히 이 상황을 받아들이기 힘든 듯 몸을 떨었다. 그런 그녀 앞으로 번쩍 다가선 로이스는 한 손으로 그녀의 머리채를 꽉 쥔 채 차갑게 웃었다.

"제법이었지만 그따윈 내 앞에서 장난에 불과해."

"그래 봤자 너도 제라칸 님에게는 안 될 것이다."

발리나가 원독 어린 눈빛으로 노려보며 뭐라 말했지만 로이스는 코웃음 쳤다.

"그건 두고 보면 알겠지. 퓨리, 봉인해."

"네, 로이스 님."

로이스에게 머리채를 붙잡힌 순간 발리나는 손가락 하나도 까딱하지 못했다. 그래서 퓨리가 그녀를 미스토스로 봉인해도 저항할 수 없었다.

털썩!

곧바로 그녀는 맥없이 바닥에 쓰러지더니 그대로 자취를

감췄다. 물론 그녀는 제라칸의 다른 거점으로 소환된 것이 아니라 퓨리가 만든 미스토스의 결계 속에 숨겨진 터였다.

퍽! 퍼퍼퍽!

"윽! 아악! 컥! 끄악……!"

그사이 발리나를 믿고 뒤에서 공격하던 기사들 또한 로이스에게 모조리 제압되었다.

로이스는 그들이 죽지 않을 정도로만 적당히 어루만져 주었고, 퓨리는 그런 그들을 차례차례 미스토스로 봉인해 버렸다.

그렇게 기사들을 제압한 로이스는 사방에서 자신을 포위하고 있는 수천의 미스토스 용병들을 향해 크게 외쳤다.

"나는 미스토스 상급 기사 로이스다. 너희들이 미스토스 용병이라면 감히 내게 대적하는 것이 얼마나 어리석은 일인지 알 것이다."

순간 미스토스 용병들이 일제히 몸을 떨었다.

"으으! 미스토스 상급 기사라니!"

"뭔가 잘못됐다. 난 저분과 싸울 수 없어!"

"우, 우린 저분에게 대항할 수 없다!"

미스토스로 고용된 용병들이 그대로 사라지기 시작했다.

스스스! 스스스스!

이는 결투장에 있던 미스토스 용병들뿐 아니라 바룬 성 곳곳에 빽빽하게 배치됐던 미스토스 용병들도 마찬가지였다.

순식간에 1만에 달하는 미스토스 용병들이 바룬 성에서 자취를 감췄다.

이는 로이스로서도 매우 의외였다.

그들은 모두 어디로 사라진 것일까?

아마도 어딘가 존재한다는 미스토스 용병들의 세계일 것이다.

마족이나 마물들에게 마계가 존재하듯이, 미스토스 용병들에게도 그처럼 고유한 세계가 존재한다고 했으니까.

용자의 총사들은 특별한 방법으로 미스토스를 대가로 주고 그 세계에서 용병들을 불러오는데, 그들이 바로 미스토스 용병이었다.

그리고 그들이 가장 두려워하는 존재는 마왕이나 용자도 아닌, 바로 미스토스 상급 기사였다.

물론 로이스가 미스토스 군주가 되면 더할 것이다.

[미스토스의 은총이 당신의 노력에 대한 보상을 줍니다.]

[레벨이 올랐습니다.]

[당신의 레벨이 상급 17이 되었습니다.]

[당신의 전투력이 대폭 상승했습니다.]

[당신의 최대 맷집과 최대 미흐가 대폭 상승했습
니다.]

　　이름 [로이스]
　　레벨 [상급 17]
　　칭호 [마궁의 지배자]
　　신분 [미스토스 상급 기사]
　　맷집 36714/36714 (26714+10000)
　　미흐 36692/36692 (26692+10000)

"오오!"
로이스는 흡족하게 웃었다.
"오랜만에 레벨이 올랐네."
이제 남은 건 리자드맨 병사들뿐.
그들의 숫자는 대략 2만 정도였다.
그러나 그들 또한 로이스의 호통 한 번에 전의를 상실했
다.
"모두 항복해라! 망설이는 놈들은 모두 내 손에 죽는다."
　이는 단순한 호통이 아니었다. 마왕들도 기겁하는 포식
자의 위압 최고 단계가 펼쳐지다 보니 리자드맨들은 기겁
하고 말았다.

"끄긱! 살려 주십시오!"

"항복하겠습니다!"

총사 에디라스나 성주 발리나가 건재한 상태였다면 리자드맨들이 이토록 무력하게 항복을 하는 일은 없었겠지만, 지금 상급 지휘관은 모두 사라진 터였다.

리자드맨 장수들 중 용자의 기사급에 해당하는 이들은 아까 모조리 봉인되어 버린 상태이기 때문이다.

"나칸과 그 제자들을 찾아라! 그놈들이 있는 곳을 알려 주는 이에게는 상을 준다! 그리고 포로들을 모두 데리고 나와라."

"명을 받듭니다."

"알겠습니다요!"

리자드맨들은 앞을 다투어 성을 샅샅이 뒤지기 시작했다.

그 상황을 지하 마법진 앞에서 지켜보던 총사 에디라스가 탄식했다.

지금 상황은 그가 어떻게 손써 볼 수조차 없었다.

미스토스를 쓴다면 리자드맨들을 다시 움직일 수도 있겠지만, 그래 봤자 다시 로이스에게 항복하고 말 것이다. 공연히 미스토스만 소모할 뿐 아무런 소용이 없는 것이다.

'이렇게 어이없이 이곳 거점을 내주게 되다니. 로드께 뭐라 변명을 해야 할지.'

이럴 때 다른 거점이라면 본 성과 연결된 포탈을 통해 강력한 지원군이라도 받을 수 있겠지만, 이곳 지형의 특성상 그게 불가능했다.

'나칸의 말이 옳았다.'

그는 비로소 나칸이 대단한 직감을 가지고 있음을 알았다.

'그의 말을 흘려들은 것이 후회되는구나.'

그사이 나칸과 제자들은 성을 막 빠져나가려다 리자드맨들에게 포위된 상태였다. 저대로라면 곧 그들 또한 로이스에게 붙잡혀 봉인되고 말 것이다.

'저들을 잃을 수는 없지. 특히 나칸은 로이스를 상대하려면 반드시 필요한 자다.'

에디라스는 마법 거울을 통해 로이스의 모습을 차갑게 노려봤다.

'저 로이스란 놈은 절대로 만만한 녀석이 아니야. 제라칸 님이 직접 나서야 할지도 모르겠군.'

그렇다면 지금까지의 전쟁은 앞으로 치러질 전면전에 비하면 그저 전초전에 불과했다.

'두고 보자! 조만간 오늘의 치욕을 철저히 갚아 주마.'

곧바로 총사 에디라스의 모습이 그 자리에서 흔적도 없이 사라졌다. 동시에 리자드맨들에게 포위되어 있던 나칸과 그 제자들의 모습도 사라졌다.

[바룬 성의 성주를 포획했습니다.]

[바룬 성의 총사 에디라스가 성을 떠났습니다.]

[당신은 바룬 성을 점령했습니다.]

총사 에디라스가 사라진 순간 군주의 목걸이가 빛나며 로이스에게 놀라운 사실을 알려 주었다.

바룬 성이 점령되었다는 사실 말이다.

스스스스스—

곧바로 바룬 성 전체를 붉은 안개가 뒤덮었다.

한 치의 앞도 볼 수 없을 만큼 짙은 안개였다.

그러나 그 안개는 순식간에 흩어졌다.

그와 함께 웅장했던 바룬 성의 모습은 흔적도 없이 사라져 버렸다.

"뭐냐, 이건?"

로이스는 잠시 멍해졌다.

바룬 성의 그 많은 건물들은 어디로 간 것일까?

성은 사라지고 바닥엔 성이 있었던 흔적만 마치 폐허처럼 남아 있을 뿐이었다.

다만 2만에 달하는 리자드맨들은 사라지지 않은 채였다.

그들은 바룬 성 인근에 살고 있던 리자드맨 부족들로 이곳 거점의 주인에게 충성을 바치고 있었던 것이다. 그러나 거점이 사라지자 그들이 바칠 충성의 대상도 사라졌다.

아니, 새로운 충성의 대상이 생겨난 것이었다.

그들은 로이스의 눈치를 보며 일제히 엎드려 있었다.

로이스의 발밑에는 발리나, 파디안을 비롯한 바룬 성 소속의 기사들이 실신 상태로 쓰러져 있었다. 미스토스의 결계에 숨겨졌다가 바룬 성이 사라지자 자연스레 모습을 드러낸 것이다.

"나칸은? 아직 나칸은 찾지 못했느냐?"

"갑자기 사라졌습니다요."

"포위했는데 모두 없어졌습니다."

리자드맨들이 주눅 든 표정으로 대답했다. 로이스는 한숨을 내쉬었다.

'젠장! 그사이 빠져나간 건가.'

어쩐지 나칸의 모습이 보이지 않는다 했더니 처음부터 도망갈 속셈이었던 것이 분명했다.

'어차피 또 나타나겠지. 그땐 놓치지 않겠다.'

굳이 서두르지 않아도 나칸이 제라칸의 부하인 이상 결국 로이스 앞에 나타나게 되어 있었다. 나칸이 또 어떤 흉계를 꾸밀지 조심해야겠지만 말이다.

그때 일단의 리자드맨들이 우르르 몰려왔다.

"포로들을 데려왔습니다."

"수고했다."

로이스는 리자드맨들이 데려온 포로들을 확인했다.

로디아, 스텔라, 카로드, 란델 모두 무사했다. 아스피스 성의 지휘관들과 소바로를 비롯한 인어국의 대신들도 보였다.

그들 또한 기절한 상태로 리자드맨들에 의해 끌려왔는데, 로이스 앞에 서자 하나둘 깨어났다.

"으음! 여기는?"

"여기가 어디?"

그들은 바룬 성이 사라진 순간 미스토스의 봉인에서 자연스레 풀려났다. 로이스는 그들을 향해 미소 지었다.

"정신들이 드는 거야?"

"로드!"

"오! 로이스 님!"

"로드! 이게 어떻게 된 거죠? 저 리자드맨들은?"

"여긴 바룬 성이 있던 곳이다. 너희들은 모두 미스토스로 봉인된 채로 이곳에 갇혀 있었다."

모두들 어리둥절한 표정을 짓고 있다가, 이내 자신들이 어떤 처지였는지 기억해 냈다.

"그러고 보니 나칸에게 당했는데 로드께서 구해 주셨군요."

"나는 마왕에게 당했소. 로이스 님의 도움에 감사드리오."

"마족들의 간계에 넘어가고 말았어요. 면목이 없군요, 로드."

스텔라, 카로드, 로디아가 차례로 말했다. 란델도 머리를 긁적였다.

"죄송합니다, 로드."

"괜찮으니 모두 일어나라. 바룬 성은 무너졌으니 이곳에 나는 새로운 거점을 세울 것이다."

로이스는 크게 외쳤다. 그리고는 가방에서 씨앗을 꺼내 쥐었다.

릴리아나가 준 씨앗.

이것을 심으면 아스피스 성에 위치한 릴리아나의 꽃밭이 이곳으로 이동된다고 했다.

어떻게 그런 일이 가능한지 모르겠지만 말이다.

'씨앗을 심어 보면 알게 되겠지.'

그런데 그때였다.

"카아아아아아악!"

갑자기 상공에서 우레 같은 포효와 함께 거대한 괴조가 모습을 드러냈다.

'저놈은?'

괴조를 바라본 로이스의 두 눈이 번뜩였다.

데스 가고일!

이전에 로이스가 샤론 대륙에 처음 와서 씨앗을 심으려 할 때 나타나 방해했던 바로 그 새였다.

그런데 그 크기가 그때에 비할 수 없이 더욱 거대했다.

뿐만 아니라 그 뒤로 수백 마리의 새들이 나타나 하늘을 시커멓게 뒤덮고 있었다.

'씨앗을 심으려 하니까 저놈들이 또 나타나 나를 방해하는구나.'

그러나 로이스의 입가에는 짙은 조소가 맺혀 있었다.

'잘 만났다. 오늘 모조리 죽여 주마.'

곧바로 로이스는 마왕의 붉은 날개를 활짝 펴고 날아올랐다.

"후후, 다 덤벼라!"

그러자 괴조들이 움찔 놀라더니 일제히 사방으로 흩어졌다.

"카아악!"

"카아아아!"

사실 괴조들은 이 주변을 뒤덮은 차원력의 이상기류에 의해 전투력이 대폭 하락한 상태였다.

그런 와중에 로이스가 거칠게 돌진해 오자 기겁할 수밖에 없었다.

다만 우두머리 괴조는 순순히 물러나지 않고 오히려 달려들었다.

"카아아아아아악!"

쒸이이익—

귀를 찢을 듯한 포효와 함께 거대하고 날카로운 부리가 아득한 공간을 눈 깜짝할 사이에 관통했다. 어찌나 빨랐던지 아래에서 그 모습을 보고 있던 이들에겐 로이스의 몸이 괴조의 부리에 관통당한 것처럼 보일 정도였다.

그러나 로이스는 멀쩡했다. 괴조의 공격을 어렵지 않게 피했기 때문이다.

'마왕의 윙 블레이드 못지않게 빠르군.'

분명 전투력이 감소했을 텐데 이 정도의 속도를 내다니!

그렇다면 괴조의 본래 전투력은 어느 정도일 것인가?

마왕 못지않은 강력한 전투력을 지녔다고 봐야 했다.

쒸이이잉! 쒸이이익—

괴조의 공격은 끝없이 날아들었다.

다행히 로이스는 마왕 데세오와 전투를 벌이며 윙 블레이드를 피하는 요령을 터득했고 관련 전술도 각성했다.

괴조의 공격도 공간에 선을 그리듯 날아드는 것이 윙 블레이드와 흡사해 어렵지 않게 피해 낼 수 있었다.

'피하는 건 쉽지만 너무 빨라 쫓아갈 수가 없어.'

비행 속도가 문제였다. 날개 비행 능력 단계를 약간 올려 두긴 했지만 괴조를 따라잡기엔 턱도 없었다.

마왕의 날개는 마계나 암흑 결계가 아닌 곳에서는 비행 속도가 대폭 감소하기 때문이다.

만약 마계였다면 벌써 저 괴조를 쫓아가 날개를 뜯어 버렸을 것이다.

"카아아아아아악!"

슈우우우욱—

또다시 날아드는 공격! 로이스의 두 눈이 이글거렸다.

'이번엔 어디 정면으로 붙어 보자.'

계속 피하기만 하면 이 승부가 끝나지 않을 테니까.

빛살 같은 속도로 날아드는 괴조의 부리를 향해 로이스 또한 전력을 다해 주먹을 날렸다.

콰아아앙!

주먹과 부리가 격돌하는 순간 폭음이 울렸다. 괴조의 부리가 그대로 찌그러지더니 부서져 날아가 버렸다.

"꾸아아악!"

괴조가 비명을 질렀다. 부리가 사라진 괴조의 모습은 실로 처참했다.

그런데 거기서 끝이 아니었다.

로이스가 전력을 다해 날린 주먹의 기운이 괴조의 몸체

를 관통해 꼬리를 뚫어 버렸다.

파스스스—

결국 괴조의 몸체 또한 가루로 변해 흩어졌다.

[미스토스의 은총이 당신의 노력에 대한 보상을 줍니다.]

[레벨이 올랐습니다.]

[당신의 레벨이 상급 18이 되었습니다.]

[당신의 전투력이 대폭 상승했습니다.]

[당신의 최대 맷집과 최대 미흐가 대폭 상승했습니다.]

"오호!"

괴조가 꽤나 강력했던 모양인지 해치우자 레벨이 올랐다. 하긴 거의 마왕 못지않은 수준이었으니 그럴 만했다.

[당신의 맨손 전투 전술이 상급 29단계가 되었습니다.]

[당신의 맨티스거의 투지(전설)가 상급 27단계가 되었습니다.]

맨손 전투 관련 전술들도 한 단계씩 상승했다.

전신에 활력이 넘치는 것이 방금 전에 비해 또 엄청나게 강해진 느낌이었다.

[대왕 데스 가고일의 날개(신화)를 얻었습니다.]

'대왕 데스 가고일의 날개?'

이건 또 무엇일까? 전설도 아닌 신화 등급의 날개였다.

  * 대왕 데스 가고일의 날개

  —등급 : 신화

  —주 날개의 보조 날개로 장착하며 주 날개가 없으면 장착 불가능.

  —장착 시 주 날개의 모든 제약이 사라짐.

  —장착 시 주 날개를 투명 상태로 숨길 수 있음.

"오! 이건?"

설명을 읽어 본 로이스의 두 눈이 휘둥그레 커졌다.

다름 아닌 보조 날개였다.

즉, 그냥 장착할 수 있는 게 아니라 반드시 주 날개가 있어야 장착이 가능했다.

현재 로이스가 가진 마왕의 붉은 날개가 바로 주 날개에
해당했다.

그러나 마왕의 붉은 날개는 마계나 암흑 결계가 아닌 곳
에서는 비행 속도 및 전투력 감소를 적용받게 된다.

　*마왕의 붉은 날개(1단계)

　─등급 : 신화

　─주 날개로 자유롭게 장착, 탈착이 가능.

　─날개 장착 시 마계를 자유롭게 비행할 수 있으
며 윙 블레이드 시전이 가능함.

　─날개 장착 시 권역의 마궁을 지배할 수 있음.

　─마계 및 암흑 결계 이외의 장소에서는 비행 속
도가 대폭 감소.

　─마계 및 암흑 결계 이외의 장소에서 날개 장착
시 전투력이 대폭 하락.

그러나 여기에 보조 날개인 대왕 데스 가고일의 날개를
장착하게 되면 마계나 암흑 결계가 아닌 곳에서도 날개의
모든 능력을 발휘할 수 있게 되는 것이다.

어디서든 날개를 펼치고도 최상의 비행 속도와 전투력을
발휘할 수 있다는 뜻이다.

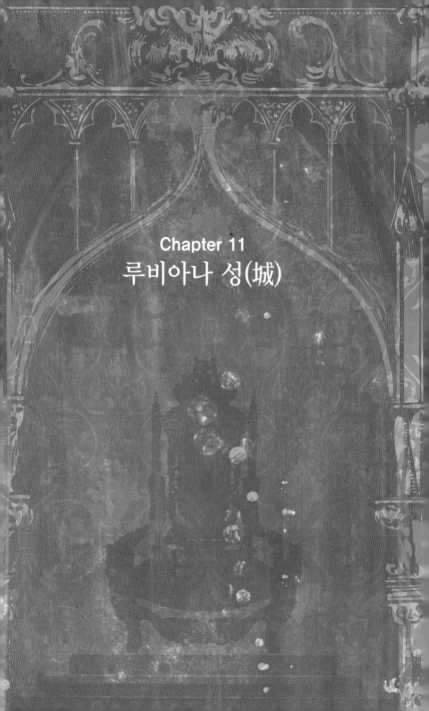

Chapter 11
루비아나 성(城)

"후후, 그렇지 않아도 이 날개의 제약 때문에 답답했는데 잘됐다."

오늘 전투에서 로이스는 얕보이기 전술과 별도로 날개를 장착함으로 인해 전투력이 감소된 부분도 있었다.

이는 날개에 스며들어 있는 정령 퓨리를 통해 미스토스 봉인을 펼치기 위함이라, 그 정도 제약은 감수한 것이었다.

그런데 오늘 얻은 신화 등급의 보조 날개로 인해 앞으로는 그런 제약이 완전히 사라졌다.

[대왕 데스 가고일의 날개를 마왕의 붉은 날개의

보조 날개로 장착하겠습니까?]

　　[장착한다./그냥 놔둔다.]

"장착해."

로이스는 여전히 공중에 떠 있는 상태에서 수락했다.

그러자 마왕의 붉은 날개가 환하게 빛났다.

　　[대왕 데스 가고일의 날개가 마왕의 붉은 날개와

일체화됩니다.]

　　[주 날개가 가진 모든 제약이 사라집니다.]

　　[비행 중이 아닐 경우 주 날개는 투명화되어 보

이지 않습니다.]

　　[보조 날개는 언제든 주 날개에서 탈착이 가능하

며, 다른 주 날개에 장착이 가능합니다.]

"아주 편하군."

나중에 더 좋은 마왕의 날개를 얻게 되면 대왕 데스 가고

일의 날개는 그쪽에 장착해 사용하면 될 것이다.

특히 공중을 날지 않을 때는 이 무시무시한 위용을 자랑

하는 마왕의 붉은 날개가 투명 상태가 되어 보이지 않는다

니 그것도 마음에 들었다.

착.

과연 바닥에 착지하자 날개는 사라졌다.

아공간으로 들어간 것이 아니라 여전히 어깨에 달려 있는데도 보이지 않는 것이다.

더 놀라운 일은 이 상태에서는 마치 날개가 없는 것처럼 움직임에도 불편함이 없다는 것!

긴 날개를 뒤로 접거나 땅에 닿지 않도록 신경 쓸 필요도 없었다. 심지어 뒤로 누워 잠을 잘 때도 마찬가지이리라.

'이러면 굳이 아공간에 넣을 필요도 없겠어.'

보조 날개 덕분에 아주 편해졌다. 날개가 있어도 없는 듯 생활할 수 있게 됐으니 그냥 항시 장착하고 있는 게 나을 것이다.

"로드! 새들이 모두 물러갔어요."

"대체 그 괴조들의 정체가 뭐죠?"

스텔라와 로디아가 다가와 물었다. 로이스는 미소 지었다.

"데스 가고일이라는 괴조들이야. 이곳에 릴리아나의 꽃밭이 생기는 걸 매우 싫어하는 녀석들이지. 오늘 대왕 데스 가고일을 해치웠으니 앞으로는 얼씬도 하지 않을 거야."

"후훗, 그렇군요."

"이곳에 드디어 우리의 새로운 거점이 생기는군요."

그녀들은 기대가 가득한 표정이었다. 로이스 역시 기대

어린 표정으로 씨앗을 꺼내 바닥에 심었다.

쑤욱.

그러자 씨앗은 금세 새싹을 틔웠고, 그것이 쑥쑥 자라더니 순식간에 사람의 키보다 커졌다. 그와 함께 아름다운 백색의 꽃이 피어났다.

"와아!"

"아아!"

스텔라와 로디아가 탄성을 질렀다. 란델 또한 마찬가지였다.

그러나 다른 이들은 지금 무슨 일이 벌어지고 있는지 영문을 모르겠다는 듯 고개를 갸웃거렸다.

그 신비한 백색의 꽃은 오직 로이스와 그의 부하들에게만 보였으니까.

스윽.

그때 그 백색 꽃이 로이스를 바라보며 말했다.

"로이스 님, 성공하셨군요. 정말 고생하셨어요. 대왕 데스 가고일을 해치우다니 정말 대단해요!"

꽃의 음성은 들떠 있었다. 물론 그 음성은 릴리아나의 것이었다. 그녀가 멀리서 이 꽃을 통해 로이스를 향해 말을 하고 있는 모양이었다.

"후후, 대단하긴. 별것 아닌 녀석이었어. 그보다 언제 꽃밭을 옮길 거야?"

"바로 지금이요. 이미 끝났는걸요?"

"벌써?"

그러고 보니 어느새 주변의 정경이 완전히 바뀌었다.

아스피스 성에 있던 릴리아나의 꽃밭 정경이었다.

스스스.

곧이어 꽃의 요정 릴리아나가 그 특유의 아름다운 자태를 드러냈고, 아이리스와 루니우스, 그리고 라크아쓰 패거리도 보였다.

아이리스 등은 로이스를 보자 반색하며 달려왔다.

"로드! 드디어 거점이 생겼군요."

"고생 많으셨어요, 로드."

"케케케! 로드. 거점이 생긴 걸 축하드립니다요."

"어서들 와."

로이스는 손을 흔들며 웃었다. 꽃밭만 보면 마치 아스피스 성에 있는 것처럼 느껴졌다. 그러나 이곳은 그곳으로부터 아득히 멀리 떨어진 곳이다.

그사이 스텔라와 로디아, 란델도 꽃밭 안으로 들어왔다.

"로디아! 무사했구나."

아이리스가 로디아를 보더니 환한 표정으로 달려가 그녀를 껴안았다.

"걱정 끼쳐 드려 죄송해요, 마마."

"대체 어떻게 된 거야? 설마 로디아 너마저 당할 줄은 몰랐어."

"제가 조심했어야 했었는데 바보 같았죠. 보물에 혹해서 그만."

"호호! 아무튼 무사해서 정말 다행이야."

둘은 얼싸안고 좋아했다. 그 모습을 보며 스텔라는 머쓱한 표정을 지었다.

'아이들도 아니고 뭘 저리 호들갑을 떠는 거야?'

하지만 한편으로는 그녀들의 그런 우정이 부럽기도 했다. 스텔라가 살아 돌아왔다며 반겨 주는 이는 로이스와 릴리아나뿐이었으니까.

물론 아이리스도 스텔라의 무사 생환을 환영해 주긴 했다. 어디까지나 인사성으로 말이다. 루니우스야 항상 그렇듯 살짝 고개만 끄덕여 줄 뿐이고 말이다.

그 누구도 저리 호들갑을 떨며 스텔라를 반겨 주지 않았던 것이다.

그런데 그때였다.

"케케케! 스텔라 님, 무사히 돌아오셔서 정말 다행입니다요. 많이 걱정했거든요. 받으시지요. 별것 아니지만 스텔라 님이 오시면 드리려고 만들어 두었습니다."

뜻밖에도 라크아쓰가 매우 호들갑을 떨며 스텔라를 환영해 주는 게 아닌가. 게다가 붉은색의 아름다운 드레스까지 내밀었다.

'……!'

스텔라는 살짝 감동했다. 비록 인간이 아닌 몬스터지만 그래도 이 꽃밭에서 유일하게 그녀의 무사 생환에 대해 호들갑을 떨며 좋아해 줬기 때문이다.

게다가 붉은 드레스는 한눈에 보기에도 아주 예뻐 보였다.

스텔라는 슥 드레스를 받아 들며 말했다.

"고마워."

"드레스는 마음에 드십니까?"

"딱히 마음에 들지는 않지만 성의를 봐서 받아 주지."

드레스를 바라보며 눈을 초롱초롱 빛내고 있는 그녀의 표정 어디에도 딱히 마음에 들어 하지 않는 기색은 없었다. 그러나 평소 말투가 저러니 라크아쓰도 그러려니 했다.

"케케케! 그럼 예쁘게 입으십시오."

그러자 란델이 다가오며 라크아쓰를 쳐다봤다.

"나는 뭐 없냐?"

"그, 그게…… 죄송합니다."

라크아쓰는 움찔했다. 그러고 보니 란델의 것은 준비하지 않았다. 그가 들고 있는 또 하나의 드레스는 로디아에게 주기 위해 만든 것이었으니까.

란델이 침울해하는 표정을 지었다.

"하긴 네가 날 위해 그런 걸 만들 리는 없겠지. 됐으니 신경 쓰지 마라."

"아닙니다. 원하시면 멋진 옷을 한 벌……."

"됐다. 됐다고."

란델은 필요 없다며 손을 흔들었다.

호들갑을 떨며 반겨 주는 이도 없으며, 그 흔한 선물 하나 챙겨 주는 이도 없었으니.

물론 로드인 로이스와 릴리아나는 반겨 주었으니 그것으로 만족하면 되겠지만, 동료들로부터는 그림자 취급을 받고 있었다.

'하긴 난 마족이니 어쩔 수 없겠지.'

그가 아무리 미소년의 외모를 하고 있다 해도 마족인 이상 인간들이 그를 환영해 줄 리는 없었다. 심지어 몬스터인 라크아쓰마저도 말이다.

스윽.

그런데 그때 누군가 그에게 뭔가를 내밀었다.

'이, 이건?'

알록달록한 빛깔의 막대 캔디였다. 이꼬트들이 만들어 파는 것을 아스피스 성에서 본 적 있었는데.

"뭘 그리 힘이 빠져 있나요? 먹고 힘내요, 란델 경."

루니우스였다. 그녀가 빙긋 웃으며 란델에게 캔디를 내밀었던 것이다.

사실 루니우스는 이 캔디를 좋아해 주머니에 몇 개씩 넣어 두고 가끔 꺼내 먹는 편이었다.

먹으면 달콤하면서도 시원한 맛이 난다. 입안의 악취도 제거해 주니 금상첨화. 1가디에 10개나 되는 터라 가격도 저렴했다.

그중 하나를 란델이 맥 빠진 표정을 짓고 있기에 건넨 것뿐이다.

그러나 란델은 무척 감동했다.

'하하하, 나도 환영해 주는 동료가 있구나.'

란델은 막대 캔디를 소중히 받아 들고 꾸벅 허리를 숙였다.

"고맙다, 인간. 아니, 고맙습니다, 루니우스 경."

"부담 갖지 말아요. 그냥 캔디일 뿐인데."

루니우스는 살짝 어색해하는 미소를 흘리고는 저쪽으로 걸어갔다. 그냥 별 뜻 없이 건넨 것인데 저리도 감동할 줄은 몰랐던 것이다.

한편 그때 로이스는 릴리아나로부터 설명을 듣고 있었다.

"이곳은 지난번에도 말씀드렸듯이 천혜의 요새를 만들

수 있는 곳이죠. 요새를 뒤덮고 있는 차원력의 흐름 때문에 수많은 마왕들이 몰려온다 해도 이 안에서는 모조리 물리칠 수 있거든요."

"그럼 그놈들을 나중에 이곳으로 유인해서 없애는 게 어때?"

"마왕들이 설마 죽을 걸 뻔히 알고도 이곳으로 올 만큼 무모하겠어요?"

"하긴."

로이스 역시 자신이 가진 미흐의 기운이 차원력에 흩어지지 않는다는 것을 알기 전에는 섣불리 바룬 성을 공격할 생각을 하지 않았다.

마왕들 역시 바보가 아닌 이상 전투력이 하락하는 걸 알면서 이곳을 공격해 올 리는 없는 것이다.

"그럼 이제 여긴 정말 안전한 장소라고 봐야겠군."

"그렇죠. 로이스 님이 계신 이상 샤론 대륙에서 이 거점을 무너뜨릴 만한 존재는 없다고 봐요."

"후후, 당연한 일이지."

로이스는 모든 전투력을 발휘할 수 있지만, 이곳을 쳐들어온 이들은 전투력이 대폭 감소하게 된다.

그 누가 이 안에서 로이스를 대적할 수 있겠는가.

대마왕 불칸이라 해도 섣불리 그런 모험을 하지는 않을

것이다.

"또한 이곳에 거점을 세우게 되면 미스토스의 흐름이 주변 차원력의 흐름에도 적응하게 되죠. 따라서 로드에게 속한 이들은 전투력이 하락하지 않아요."

"그것도 정말 반가운 소리네."

"다만 다른 이들은 어쩔 수 없어요. 설령 동맹을 맺었다 해도 이곳을 방문한 이들은 누구라도 전투력이 하락할 거예요. 아쿠아스 성이나 아스피스 성 소속인 이들도 마찬가지죠. 아마 아무도 이곳을 방문하고 싶어 하지 않을 거예요."

"그야 어쩔 수 없는 일이지."

이는 장점이면서도 단점이라 할 수 있다. 강력한 방어력을 지닌 천혜의 요새라는 것은 장점이지만, 외부의 지원군을 기대할 수 없다는 것은 단점인 것이다.

그러나 그런 건 용자들에게나 해당하는 일이고, 로이스에게 어차피 지원군은 필요 없었다.

"근데 저 밖의 성은 뭐야?"

꽃밭의 정경은 아스피스 성에 있을 때와 달라진 것이 없었다.

로이스의 궁전도 그대로였고, 아이리스 등의 거처 또한 바뀌지 않았다.

심지어 차원의 낚시터도 좀 더 넓고 화려해진 것 외에는 그대로였으니까.

그런데 결계 밖으로 둥그렇게 거대한 성벽이 세워져 있었던 것이다.

그 성벽 안쪽에는 2만여 명의 리자드맨들이 조용히 대기 중이었다. 카로드와 소바로를 비롯한 아스피스 성과 아쿠아스 성 소속의 기사들도 마찬가지였다.

그들은 로이스의 권속이 아니라서 꽃밭으로 들어올 수 없는 것이다.

"지금까지는 아스피스 성의 한쪽에 결계를 만들어 지냈지만, 우리도 훌륭한 거점을 만들 수 있게 됐으니 결계 바깥으로 큰 성을 지을 거예요. 바룬 성 못지않은 큰 규모가 될 듯해요."

"아직은 성벽뿐이네."

"일단 성벽으로 둘러놓았지만 이제 멋진 건물과 시설들을 잔뜩 지을 생각이에요. 꽃밭에는 들어올 수 없지만, 로이스 님께 충성을 바치는 이들이 지내는 공간이니까요. 외부의 방문자들이 머무는 장소이기도 하고요."

"좋은 생각이야. 그럼 성의 이름도 지어야겠군."

그냥 꽃밭만 있다면 릴리아나의 꽃밭이라 부르면 될 것이다. 그러나 성이 생겨났다면 얘기가 달라진다.

"뭐 생각나는 이름 있으세요?"

"후후, 로이스 성이라고 부르는 게 어때?"

"좋아요. 로이스 님이 원하신다면 그렇게 해요."

"그럴까?"

"네, 그럼 로이스 성으로 할게요."

그러나 로이스는 돌연 고개를 흔들었다.

"아니야. 내 이름 그대로 쓰자니 뭔가 우습게 보여. 아마 불칸도 자신의 성 이름을 불칸 성이라고 하지는 않을 거야. 제라칸도 제라칸 성이라고는 하지 않겠지. 마왕들이 날 비웃을지도 몰라. 다른 이름이 좋겠어."

로이스가 고심하자 릴리아나가 불쑥 말했다.

"그럼 루비아나 님의 이름을 따서 루비아나 성은 어때요?"

"그거야. 아주 딱 좋아."

로이스는 반색했다. 체란산의 마화 루비아나! 지금도 그녀의 모습이 눈에 선했다.

'엄마! 이 성은 절대 무너지지 않을 테니 엄마의 이름을 영원히 기억한다는 뜻에서 루비아나 성으로 할게요.'

이제 바룬 성이 있던 자리에 그보다 더 크고 웅장한 루비아나 성이 세워질 것이다.

그러던 로이스가 리자드맨들을 가리켰다.

"근데 저 리자드맨 녀석들은 왜 쫓아 버리지 않은 거지?"

비록 항복하긴 했지만 그렇다고 리자드맨들을 부하로 부

리고 싶은 생각은 별로 없었다.

그렇다고 항복한 녀석들을 죽이기도 뭐했다. 그냥 알아서 도망갈 줄 알았는데 저렇게 죽치고 있으니 어이가 없었던 것이다.

그러자 릴리아나가 미소 지었다.

"저들은 흔히 보이는 몬스터들이 아니에요. 비록 리자드맨들의 형상을 하고 있지만 고대로부터 오직 이곳 성터에 거점을 세운 이들에게만 충성을 바치는 가디언족이죠."

"가디언족?"

"네, 따라서 로이스 님이 이곳 거점을 뺏기지 않는 이상 저들은 영원히 로이스 님께 충성을 바칠 거예요."

"신기한 녀석들이군."

하긴 여기 있는 리자드맨들은 흔히 보는 푸른 피부가 아닌 자줏빛 피부를 가지고 있었다. 그것도 마치 자수정처럼 반짝이고 있어 자세히 보면 제법 멋져 보이기도 했다.

또한 생긴 것도 사악해 보이지 않고 왠지 선량해 보였다. 맑은 눈빛은 이꼬트들과 비슷했다.

"뭐지? 저 녀석들의 생김새가 아스피스 성에 쳐들어올 때와는 뭔가 달라졌잖아."

그때도 보라색 피부인 건 동일했지만 전신에서 사악한 기운이 물씬 풍겼다. 그런데 왜 지금은 선량한 기운을 풍기는 것일까?

"충성의 대상이 누구이냐에 따라 이들의 기운도 달라지는 것이죠. 타락한 용자를 따를 때는 당연히 사악하게 변할 수밖에 없었을 거예요."

"본래는 착한 녀석들이었다는 얘기네."

"그렇죠. 저들의 우두머리들은 지하 감옥에 가둬 두었어요. 하지만 어차피 모두 로이스 님께 충성을 바칠 테니 이제 풀어 줘도 될 것 같아요."

"지하 감옥? 그건 언제 만들었는데?"

"성벽을 만들 때 함께 만들었죠. 로이스 님이 붙잡아 놓은 포로들을 꽃밭 안에다 가둬 둘 수는 없거든요."

릴리아나는 꽃밭 결계 바깥 한쪽을 가리켰다. 성벽 안쪽 바닥에 지하로 통하는 계단이 보였다.

"발리나 등이 모두 저 아래 감옥에 갇혀 있다는 거군."

"네. 그들은 마나를 쓸 수 없으며 미스토스로 소환도 불가능하죠. 제라칸을 쓰러뜨릴 때까지 앞으로 감옥에 수용될 포로들이 많아질 테니 규모를 더욱 확장할 생각이에요."

"좋아. 그럼 난 리자드맨 우두머리들을 만나 볼 테니 넌 루비아나 성을 멋지게 만들어 봐."

"네, 로이스 님."

루비아나 성도 모두 미스토스를 사용해 짓는 것이라 아

스피스 성이나 아쿠아스 성처럼 미스토스만 충분하면 순식 간에 지을 수 있었다.

로이스의 미스토스 총 보유량은 그사이 3천 카퍼스를 넘어선 상태라 부담이 없는 상황이었다.

스윽.

로이스가 결계를 나서자 아이리스를 비롯한 부하들도 모두 따라나섰다. 마치 로이스를 수행하듯 그 뒤를 따라 걷는 그들의 기세는 당당하기 이를 데 없었다.

이제 이 거대한 성의 주인이 바로 그들의 로드이기 때문에 자연스레 어깨에 힘이 들어가게 된 것이다.

루니우스는 카로드를 보자 반색하여 달려갔다.

"아빠! 괜찮으세요?"

"루니우스! 면목이 없구나. 나는 무사하니 염려 말거라."

"걱정했는데 다행이에요. 대체 어찌 되신 일이죠?"

"나칸 놈의 흉계에 말려들었다. 라테르 황제 폐하와 세리나가 동굴에 잡혀 있다는 말에 나갔더니 그곳에 설마 마왕이 나타날 줄은 상상도 못했단다."

"나칸, 그자를 잡지 못한 게 분하군요."

"어쨌든 로이스 님 덕분에 이렇게 무사할 수 있게 되었으니 얼마나 다행이냐?"

카로드가 건강한 상태로 미소를 짓자 루니우스는 무척

기뻤다. 겉으로 내색은 안했지만 카로드가 무사하기를 누구보다 간절히 바라고 있었던 까닭이었다.

그사이 로이스는 지하 계단을 따라 내려갔다.

감옥 입구는 정령들이 지키고 있었는데, 로이스를 보자 정중히 허리를 숙였다.

"로이스 님을 뵙습니다."

"로이스 님을 뵈어요."

불의 정령들과 땅의 정령들이 간수로 임명되어 포로들을 지키고 있었다. 포로들은 로이스를 보자 두려움과 분노가 가득한 눈빛으로 노려봤다.

그중 바룬 성의 성주였던 발리나가 로이스를 향해 물었다.

"우릴 어찌할 셈이죠?"

"어쩌긴. 너희는 제라칸이 죽을 때까지 이곳에 있을 것이다. 그리고 제라칸이 죽고 나면 모두 처형되겠지."

로이스는 당연하다는 듯 말했다. 발리나가 픽 웃었다.

"헛된 꿈을 꾸고 있군요. 제라칸 님이 어떤 분인지 당신이 조금이라도 알게 된다면 그따위 망상은 품지 않을 텐데 말이죠."

"망상인지 아닌지는 두고 보면 알겠지. 아무튼 난 지금 너와는 별로 할 얘기가 없으니 조용히 있는 게 좋을 거야. 타락한 용자의 부하들인 너희들이 좋아서 살려 두는 게 아니라고."

로이스의 눈빛이 차갑게 번뜩이자 발리나는 흠칫했다.

그렇다. 그녀는 포로였다. 로이스의 비위를 건드리면 어떤 끔찍한 일을 당할지 알 수 없었다. 죽이지만 않을 뿐 고문을 가하는 건 얼마든지 가능하니까.

그렇게 발리나 등이 풀 죽은 표정으로 물러나 있자 로이스는 고개를 돌려 리자드맨 장수들이 갇혀 있는 철창을 바라봤다.

적개심이 가득한 발리나 등과는 달리 리자드맨 장수들은 로이스를 향해 공손히 고개를 숙인 채 처분만을 바라고 있었다.

"저들을 풀어 줘라."

"예, 로이스 님."

땅의 정령이 철창을 열었다. 리자드맨들은 방에서 나오자마자 로이스를 향해 부복했다.

"이곳 거점의 주인이시여! 우리 키슈족은 고대로부터 거점의 주인께 충성을 바쳐 왔습니다. 이전에는 용자 제라칸 님의 기사인 발리나 님이 바룬 성의 성주로서 저희들의 주인이었지만, 이제부터는 당신이 저희들의 주인이십니다. 부디 이전의 일을 용서하시고, 저희들의 충성을 받아 주십시오."

과연 릴리아나가 말한 대로였다. 로이스는 흔쾌히 웃으

며 고개를 끄덕였다.

"좋아. 너희들의 충성을 받아들이겠다."

"넓으신 아량에 감사드립니다."

리자드맨 장수들이 기뻐하는 표정으로 넙죽 절을 했다. 로이스는 미소를 지었다.

"아이리스! 이들은 네게 맡기겠다. 알아서 잘 통솔해. 루니우스와 스텔라도 아이리스를 도와 줘."

"네, 로드. 맡겨 주세요."

"명을 받들겠어요."

다수의 병사들을 지휘하는 일은 로이스의 성격에 맞지 않았다. 그런 일은 아이리스 등이 전문인 것이다.

특히 아이리스는 마치 물 만난 물고기처럼 신이 난 표정이었다.

벌써부터 2만의 리자드맨들을 어떻게 하면 효율적으로 통솔할 것인지 생각하느라 여념이 없을 정도였다.

루니우스와 스텔라도 흥미진진한 기색이었다.

"신기하게도 이들과 말이 통하는군요."

"처음 듣는 말인데 무슨 뜻인지 저절로 이해되고 있어요."

로이스야 사실 모든 몬스터나 이종족들과 다 대화할 수 있는 통언의 능력을 갖고 있지만, 아이리스 등은 리자드맨들과 대화할 수 있다는 게 신기한 모양이었다.

"왜 그런지는 릴리아나에게 물어봐. 뭔가 이유가 있겠지."

"아마 미스토스의 힘 때문이겠죠. 키슈족은 이곳 거점의 가디언족이니 로드의 권속들과는 자연스럽게 말이 통하는 것 아닐까요?"

이는 로디아의 추측이었다. 그리고 릴리아나에게 가 보니 과연 그녀의 추측이 맞았다.

"로디아의 말대로예요. 키슈족은 인간들 못지않은 지능과 전투 능력을 가지고 있으니 앞으로 로드께 많은 도움이 될 거랍니다."

단순히 전투 능력만 갖고 있는 것이 아니라 뛰어난 지능도 갖고 있다니 놀라운 일이었다.

그러자 아이리스가 눈을 빛냈다.

"저는 그들과 얘기를 나눠 보며 그들이 어떤 능력을 갖고 있는지 파악해 볼게요."

"좋은 생각이야."

로이스는 고개를 끄덕였다. 그리고는 로디아를 쳐다보며 말했다.

"로디아 넌 지금처럼 최강의 마전함과 장비들을 계속 연구해 봐."

"네, 로드. 그런데 한 가지 문제가 생겼어요."

"뭔데?"

"아쿠아스 성에 매브왕과 아즈검의 가죽 등을 비롯한 재료들이 꽤 있는데 그것들을 가져오려면 시간이 너무 걸릴 듯해요. 마전함을 타고 간다고 해도 왕복 한 달이 걸리는 거리거든요."

"확실히 그게 문제긴 하군. 여기서 아쿠아스 성이나 아스피스 성은 모두 아득히 멀리 떨어져 있으니 말이야."

그러자 릴리아나가 무슨 걱정이냐는 듯 웃으며 말했다.

"걱정 말아요, 로드. 혹시 몰라 아스피스 성의 꽃밭이 있던 자리에 작은 포탈을 남겨 뒀어요. 결계로 감춰져 있으며 정령들이 관리하고 있죠. 그 포탈을 통해 그곳으로 언제든 공간 이동이 가능해요."

"그게 정말이야?"

"미스토스가 소모되긴 하지만 아스피스 성과 연결이 되어 있는 것이 서로에게 도움이 되겠죠."

"잘했어. 그쪽이 연결된 상태면 칼리스의 아쿠아스 성과도 연결된 것이나 마찬가지야."

"맞아요. 아스피스 성과 아쿠아스 성은 이미 포탈로 연결되어 있으니까요."

"그렇지."

로이스는 흐뭇하게 웃었다. 이렇게 되면 유사시 마왕들이 용자 아시엘의 아스피스 성이나 용자 칼리스의 아쿠아스 성을 공격해 와도 로이스가 언제든 가서 도와줄 수 있을 것이다.

"그리고 한 가지 더 놀랄 만한 일이 있어요."

"뭔데?"

로이스가 궁금해 하자 릴리아나는 환한 미소를 지으며 말했다.

"거점 성이 생긴 덕분에 이전과 달리 로이스 님은 어디서든 이곳으로 귀환할 수 있게 됐어요."

"귀환? 그러니까 공간 이동 비슷한 거야?"

"네. 제가 따로 소환하지 않아도 어디서든 이곳 루비아나 성으로 이동이 가능해요. 물론 이는 로드의 부하들도 가능한 일이죠."

"와! 잘됐군요."

"강적을 만났을 때 아주 유용할 것 같아요."

모두들 기뻐하는 표정을 지었다. 로이스도 기뻐했다.

"후후, 그럼 아주 편하겠군. 어디서든 여기로 순식간에 돌아올 수 있다는 거지?"

"대신 남용하면 안 돼요. 미스토스가 꽤 소모되거든요."

"그렇겠지. 꼭 필요할 때만 쓸 테니 염려 마."

Chapter 12
마왕의 암흑 날개

 잠시 후 로디아는 루비아나 성내에 위치한 포탈을 통해
아스피스 성으로 향했다. 카로드와 소바로를 비롯해 바룬
성의 포로가 되었던 이들도 로디아를 따라 아스피스 성으
로 이동했다.

 그런데 그렇게 간 지 얼마 되지 않아 로디아가 다급한 기
색으로 루비아나 성으로 돌아왔다.

 "로드! 큰일 났어요."

 "무슨 일이야?"

 "지금 아쿠아스 성을 마왕 크리움이 공격하고 있어요."

 "그래?"

본래 마왕이 공격을 해 온다고 하면 경악하는 표정을 짓는 것이 정상일 것이다. 그런데 로이스의 표정은 마치 오래도록 기다렸던 반가운 손님이라도 나타난 듯 환해져 있었다.

　"후후, 드디어 나타났군. 조용하다 했더니 말이야."

　"아쿠아스 성이 위험해요, 로드."

　"걱정 마. 그놈은 지금 날 부르고 있는 거야."

　로이스는 크리움이 왜 아쿠아스 성을 공격하는지 짐작했다.

　차원력의 이상 흐름으로 인해 이곳 루비아나 성은 공격할 엄두를 낼 수 없기 때문일 것이다.

　그래서 아쿠아스 성을 공격해 로이스를 그쪽으로 끌어들여 전투를 벌이려는 심산이었다. 로이스가 아쿠아스 성을 구하기 위해 올 것이라 확신한 듯했다.

　"난 아쿠아스 성에 다녀올게, 릴리아나."

　로이스는 무슨 소풍이라도 가듯 느긋한 표정으로 말했다. 아쿠아스 성이 어디인지 모르는 이가 들으면 그곳이 어디 풍경 좋은 장소는 아닐까 하는 생각이 들 것이다.

　릴리아나가 한숨을 푹 내쉬더니 걱정스레 당부했다.

　"마왕과의 전투이니 조심하세요. 이전처럼 무리하게 싸우시면 안 돼요."

"걱정 마. 그때에 비해 난 몇 배는 더 강해졌거든. 그럼 여길 잘 부탁해."

더 이상 얘기했다가는 잔소리가 길어질 것이라는 생각에 로이스는 잽싸게 포탈로 향했다.

츠으으읏!

눈부신 빛무리가 시야를 가린 순간 아득한 공간을 이동한다는 느낌이 들었다. 잠시 후 빛무리가 사라지자 눈앞에 드러난 곳은 작은 꽃밭이었다.

"로이스 님! 어서 오세요."

작은 정원을 연상케 하는 예쁜 꽃밭. 그곳엔 물, 불, 바람, 땅의 정령들이 각각 한 명씩 서 있었다. 릴리아나로부터 이곳 포탈을 지키라 명령을 받은 정령들이었다.

"다들 수고해."

로이스는 정령들에게 손을 흔들어 주고는 꽃밭을 나섰다. 이곳에서 바로 아쿠아스 성으로 이동할 수 있는 것이 아니라 외성 쪽에 있는 미스토스 포탈을 이용해야 했다.

"로이스 님!"

"오! 로이스 님, 어서 오십시오."

내성 광장에는 아시엘과 타르파 등이 서 있었다. 그들도 이미 아쿠아스 성이 마왕에게 공격받고 있다는 소식을 들었는지 바짝 긴장한 표정이었다.

"여기도 언제 공격해 올지 모르니 대비하고 있어. 난 지금 아쿠아스 성으로 가 볼게."

"네, 로이스 님."

"부디 건투를 빌겠습니다!"

로이스는 그들과 오래 대화를 나눌 시간이 없어 곧바로 외성 포탈로 향했다.

츠으으윳!

다시금 찬란한 빛무리가 전신을 뒤덮었다 사라지자 아쿠아스 성의 모습이 눈에 들어왔다.

'여긴 외성이 아니라 내성인데?'

본래 외성 쪽에 있던 포탈을 내성으로 옮겨 놓은 모양이었다.

"로이스 님!"

"기다리고 있었어요, 로이스 님."

용자 칼리스와 집사 이네르타가 포탈 앞에서 서 있었는데, 그들의 표정은 다급해 보였다.

"어떻게 된 거야?"

"지금 마왕군의 공격으로 외성들이 모두 무너지고 내성만 남았습니다. 마왕군에 타락한 용자의 부하들이 가세한 터라 미스토스 방어 결계는 흩어져 버린 상황입니다."

"그렇다면 어쩔 수 없었겠지."

마왕군만 왔으면 그들의 힘이 아무리 대단하다 해도 미스토스 결계를 무력화시킬 수는 없다. 장기적으로 칼리스의 미스토스가 고갈되게 만들어 공격하는 방법만 가능한 것이다.

그런데 문제는 타락한 용자 제라칸의 부하들이었다.

바룬 성이 무너졌다지만 아직 제라칸의 거점은 본성을 제외하고도 41개나 남아 있으니, 그들이 마왕들과 협조를 하는 한 용자들의 성은 위태할 수밖에 없었다.

"이제 너희들은 다시 미스토스로 성을 복원하도록 해. 마왕은 내가 손을 봐 줄 테니까."

"로이스 님만 믿겠습니다."

"반드시 승리해 주세요!"

칼리스와 이네르타뿐 아니라 인어국의 수많은 머맨과 머메이드들이 간절한 표정으로 로이스를 바라보고 있었다.

"제발 승리해 주세요, 로이스 님!"

"로이스 님! 당신이 유일한 희망입니다!"

"사악한 마왕을 무찔러 주세요!"

모두들 로이스가 승리하길 간절히 염원하고 있었다.

그래서인지 로이스는 왠지 더욱 힘이 났다.

"후후, 마왕군을 전멸시킬 테니 다들 구경이나 하라고."

곧바로 내성 밖으로 나온 로이스는 마검 다켈을 모처럼

빼 들고 전방을 슥 노려봤다.

번쩍!

두 눈에서 피어나는 시퍼런 안광이 수중에서도 마치 번 갯불처럼 사방으로 뻗어 나갔다.

"죽고 싶지 않으면 모두 꺼져라."

그 순간 내성을 공격하고 있던 마물들이 움찔 놀라더니 일제히 뒤로 물러나기 시작했다.

"끄, 끄으윽!"

"꾸아아악!"

로이스가 그저 노려보며 호통을 날렸을 뿐인데 그대로 고꾸라져 죽어 버린 마물들도 적지 않았다. 가공스러운 공 포에 심장이 터져 버린 것이다.

심지어 그들을 지휘하던 마족들도 대경실색하는 표정이 었다.

"으으! 로이스! 로이스가 나타났다."

"크으윽! 제길! 우리로서는 감당할 수 없는 놈이다."

아무리 강한 적이라 해도 두려움 따위는 없다는 듯 돌진 하는 마족들이 벌벌 떨고 있었다.

이는 당연한 일이었다. 마왕들도 기겁할 만한 포식자의 위압 최고 단계가 펼쳐졌는데 마족들이 어찌 감당할 수 있 겠는가.

"퇴, 퇴각하라!"

"당장 퇴각하라!"

마족들은 즉각 퇴각을 명령했다. 이미 로이스가 나타나면 무리하게 공격하지 말고 즉각 퇴각하라는 크리움의 명령을 받았기 때문이다.

스으으읏—

그런 그들을 향해 로이스가 돌진하며 검을 휘둘렀다.

서걱! 촥! 촤아악!

"크아아악!"

"꾸아악!"

"커으으윽!"

잔챙이들은 관심 없었다. 로이스가 노리는 건 오직 마족들뿐.

순식간에 마족 세 명이 죽임을 당했다.

예전에는 힘의 근원을 노리고 공격해야 마족을 죽일 수 있었지만, 지금은 그럴 필요도 없이 그냥 아무 데나 공격해도 마족들이 즉사했다.

로이스의 공격이 빗나가듯 스쳐도 마족들의 전신이 가루로 변할 만큼 충격을 입는 터라, 힘의 근원이 어디에 있든 박살이 나기 때문이었다.

[봉인된 마력석을 얻었습니다.]

[봉인된 마력석을 얻었습니다.]

[봉인된 마력석을 얻었습니다.]

이젠 마족들을 죽여도 전투력이 늘어나는 것도 없었다. 그저 봉인된 마력석을 챙기는 것으로 만족할 뿐.

'그러고 보니 릴리아나에게 마력석을 꽤 줬었는데 아직도 봉인을 안 푼 건가?'

무려 32개나 줬다. 어쩌면 이미 봉인을 풀었는데도 워낙 경황이 없어 로이스에게 미처 보여 주지 못한 것일지도 모르지만.

하긴 이젠 파괴의 마력석도 로이스에겐 별 의미가 없었다.

그냥 새로운 형태의 무기에 그것들을 부착해 심심풀이용으로 수련을 해 보는 용도 외에는 없을 것이다.

따라서 앞으로 파괴의 마력석이 나오면 차라리 부하들의 무기에 그것들을 부착시켜 줄 생각이었다.

서걱! 좌아악!

생각을 하는 와중에도 로이스의 검은 멈추지 않았다.

일단 어디에 있든 로이스의 시야에 마족이 들어오면 그는 이미 죽은 목숨이었다.

[봉인된 마력석을 얻었습니다.]
[봉인된 마력석을 얻었습니다.]

흥미로운 사실은 물속에서의 이동 속도가 상상을 초월할 정도로 빨라졌다는 것! 이는 마왕의 날개가 일종의 지느러미 역할을 하며 속도를 증가시켜 주기 때문이었다.

본래는 없던 기능이었는데 보조 날개인 대왕 데스 가고일의 날개를 장착하고 나자 생겨난 것이다.

'보조 날개 덕분에 여러모로 편해졌어.'

로이스는 하늘을 비행하듯 물속을 거침없이 누볐다.

그렇게 얼마나 전진했을까?

멀리 전방에 거대한 동굴을 연상케 하는 암흑의 게이트가 시야에 들어왔다.

다크 포탈이었다.

로이스에게 쫓긴 마물들이 그 포탈 안으로 사라지고 있었는데, 신기하게도 물은 포탈 안으로 흘러 들어가지 않았다.

'마계로 통하는 다크 포탈이 분명해.'

로이스 역시 이 같은 포탈을 만들 수 있다. 그럴 필요가 없어서 만들지 않았지만 말이다.

'크리움이 날 마계로 불러들여 전투를 벌이려는 거야.'

이대로 가게 되면 어떤 식이든 크리움에게 유리한 상황이 될 것이다.

그러나 로이스는 머뭇거리지 않았다.

어차피 마왕 데세오와 싸울 때도 그의 마계로 들어가서 결판을 냈기 때문이다.

'그럼 또 하나의 마왕을 처치하러 가 볼까?'

로이스의 몸이 다크 포탈 안으로 사라졌다.

츠츠츠츠!

그러자 순식간에 주변의 정경이 뒤바뀌었다.

피룬 호수의 수중이 아닌 거친 황무지.

하늘에 붉은 달이 떠 있는 어둑한 세계.

[마계에 진입했습니다.]

[이곳은 마왕 크리움의 권역입니다.]

군주의 목걸이가 이곳이 마왕 크리움의 마계라는 걸 알려 주었다.

이미 한 번 와 봐서 그런지 왠지 낯설지 않고 익숙한 느낌이었다.

'이제 어느 쪽으로 가야 되나?'

크리움의 마궁이 있는 곳을 찾아야 할 것이다.

다행히 그것은 그리 어렵지 않았다. 다크 포탈을 통해 이곳으로 도주한 마물들이 부지런히 한쪽으로 달려가고 있었으니까.

그것들은 로이스가 마계로까지 쫓아오자 기막힌 듯 사력을 다해 도주 중이었다.

번쩍! 서걱—

"꾸아아아악!"

멀리 앞을 도주하던 마족 하나가 로이스의 검에 맞아 먼지로 변해 버렸다.

[봉인된 마력석을 얻었습니다.]

가볍게 마족 하나를 처치한 로이스는 날개를 펼치고 위로 날아올랐다.

'근처에 다른 마족은 없네.'

그렇다면 이제 마궁을 향해 돌진하면 될 것이다.

잠시 비행하자 과연 멀리 웅장한 흑색의 성이 모습을 드러냈다.

콰르르릉! 쿠콰쾅!

번쩍! 파지지직!

성 주위로 뇌전과 폭풍이 몰아치고 있는 것이 심상치 않았다.

또한 성으로 접근하는 주변의 땅은 험한 절벽 지대로 이루어져 있었고, 그 아래는 시뻘건 용암이 흐르고 있었다.

게다가 수많은 언데드들이 포진하고 있는 지대도 보였다.

예전 같으면 저것들을 통과해 마궁까지 가는 데 꽤 시간이 소모되었을 것이다.

그러나 지금은 그냥 날아서 이동하면 되는 터라 쓸데없이 시간을 낭비하지 않아도 됐다.

휘이이이—

로이스가 날아가자 아래 있던 언데드들이 활을 쏘아 대고 투창을 날렸지만 모조리 빗나갔다. 로이스가 더 높이 날아올랐기 때문이다.

'저런 자잘한 녀석들과 일일이 싸우다간 끝이 없어. 마왕만 해치우면 된다.'

본래라면 아무리 날개가 있다 해도 마궁 인근의 상공을 이토록 자유롭게 나는 건 불가능했을 것이다.

마궁 인근의 마기들이 형성한 강력한 폭풍 때문이었다.

그 폭풍 자체에 저주가 깃들어 있는 터라 그것에 노출되는 순간 날개가 찢겨져 버리거나 힘을 잃게 되어 있었다.

그대로 폭풍에 날려 가거나 아래로 추락해 언데드들의 식사거리로 전락하게 되는 것이다.

그러나 마왕의 날개 앞에는 그런 폭풍의 저주가 아무런 영향도 끼치지 못했다. 로이스가 날개를 펄럭이는 순간 몰려오던 폭풍이 오히려 밀려났다.

어느덧 마궁이 바로 발밑에 보였다. 상공에서 바라보니 무슨 거대한 괴물이 아가리를 쩍 벌리고 있는 듯한 형상이었다.

그런데 굳이 마궁으로 내려갈 필요는 없을 것 같았다.

어느덧 주변에 가히 1백여 명에 달하는 마족들이 진을 치고 있었기 때문이다.

뱀의 머리에 사자의 몸체를 한 마족, 둥그런 눈알 형상의 거대 마족, 흐릿한 그림자 형태의 마족, 심지어 그 길이를 알 수 없을 만큼 기다란 지네의 형태를 한 마족 등 과연 이곳이 마계라는 것을 실감케 할 만큼 무시무시한 외모들이었다.

그리고 그들 사이로 염소의 머리에 오크의 몸체를 가진 거대한 존재가 모습을 드러냈다.

마왕 크리움!

로이스를 가소롭다는 듯 노려보는 그의 입가에는 비릿한 조소가 맺혀 있었다.

"로이스! 나 크리움은 오래도록 너를 지켜봐 왔다. 어리석은 제라칸 놈에게만 맡겨 두었더니 성만 빼앗기는 병신짓을 하고 있어 내가 직접 나설 수밖에 없었다."

"후후, 친절하게 포탈까지 열어 날 이곳으로 안내해 줘서 고맙구나. 굳이 찾아다니지 않아도 돼서 얼마나 편한지 모르겠군."

"세상 무서운 줄 모르고 날뛰는 애송이 놈! 오늘 이곳이 바로 너의 무덤이 될 것이다."

"그건 내가 할 소리야, 마왕. 여긴 너와 네 권속들의 무덤이 될 거다."

"광오한 놈 같으니! 감히 나 마왕 크리움을 눈앞에서 보고도 그따위 말을 하느냐?"

"넌 차라리 진작 내 앞에 나타났어야 했다. 뭐 그래 봤자 날 죽이진 못했겠지만."

예전에 나타났으면 로이스도 꽤 고전했을 것이다.

마왕 데세오를 해치울 때도 죽을 고비를 두 번이나 넘겼으니까.

그러나 지금 로이스는 그때와는 비할 수 없이 강해졌다.

물론 크리움의 전투력은 데세오보다 훨씬 높아 보이는 터라 방심할 수는 없었다.

"더 이상 말은 필요 없으니 어서 덤벼라, 마왕!"

"가소로운 놈 같으니! 나는 네가 죽인 데세오 따위와는 비할 수 없이 강한 마왕이니라."

"그래 봤자 어차피 내 손에 죽을 거야."

그러자 크리움이 크게 웃으며 외쳤다.

"크카카카카캇! 저놈을 없애라!"

그 순간 로이스를 포위한 마족들의 몸에서 일제히 검붉은 빛이 번쩍이더니 그들을 매개로 한 거대한 마법진이 생성되었다.

츠츠츠츠!

사실 이 마법진은 로이스가 오기 전에 이미 완성된 형태였다. 그것을 크리움이 지금 발동시킨 것이다.

순간 사방이 암흑의 공간으로 바뀌며 마족들의 몸체가 본래보다 각각 두 배씩은 커졌다.

크리움의 몸체 또한 마찬가지였다.

그러다 보니 상대적으로 로이스는 무슨 소인처럼 작게 느껴졌다.

그렇지 않아도 거대했던 마족들이 더욱 거대해졌으니 당연한 일이었다.

"크크크크! 하찮은 인간 놈이 여기가 어디라고 왔느냐?"

"감히 어둠의 군주께 맞서는 어리석은 존재여!"

"키키킥! 하찮은 인간 놈! 영벌의 고통을 면치 못하리라!"

곧이어 다들 뭐라고 한마디씩 하며 로이스를 향해 달려
들었다.

괴상한 마법진 때문인지 그것들의 기세가 몇 배는 강력
해졌다. 단순히 덩치만 커진 것이 아니었다.

그러나 이 상황에서 가장 무서운 것은 마족들의 공격이
아니었다.

번쩍!

눈 깜짝할 사이에 날아다니는 마왕 크리움의 윙 블레이
드였다.

로이스가 마족들에게 정신을 팔도록 한 후 빈틈을 노려
회심의 일격을 날린 것이다.

촤아악!

"크아아아악!"

윙 블레이드는 로이스뿐 아니라 그 앞에서 달려들던 마
족까지 반 토막을 내 버렸다.

적을 죽이기 위해서라면 자신의 권속마저 망설임 없이
희생시켜 버리는 무자비한 존재!

"정말 치사하게 싸우는군. 넌 부하들에게 미안하지도 않
은 거냐?"

로이스는 물론 윙 블레이드를 피해 냈다. 그 움직임이 너

무 빨라 마치 토막 난 것처럼 보였을 뿐이다.

크리움이 키득거렸다.

"그들은 나를 위해 목숨을 바치는 것을 당연하게 여기느니라. 그렇지 않으냐, 나의 충성스러운 권속들이여!"

그러자 마족들도 키득거리며 대답했다.

"크크크! 물론이옵니다."

"어둠의 군주이신 크리움 님을 위해서라면 얼마든지 죽을 수 있습니다."

"오오! 위대한 로드 크리움 님이시여!"

로이스는 한숨을 내쉬었다.

'놀고 있군.'

저따위 마왕에게 저런 말도 안 되는 충성심을 품고 있다니.

로이스로서는 이해할 수 없었지만 그래도 마족들의 그런 충성심은 존중해 주기로 했다.

덥석! 덥석!

그사이 수십 개의 기다란 팔을 가진 마족이 달려들었다. 로이스가 머리를 검으로 날려 버렸지만 그 팔들은 사라지지 않고 로이스의 몸을 붙들었다.

그 순간 인근에 있던 세 명의 마족들이 달려와 그런 식으로 로이스를 덮치듯 끌어안았다.

번쩍!

그 틈을 노려 다시 크리움의 윙 블레이드가 날아들었다.

"크아아악!"

"꾸아아악!"

로이스를 붙잡았던 마족들이 윙 블레이드에 두 쪽 나 처참하게 죽었다.

촥!

동시에 로이스의 한쪽 어깨에도 살짝 상처가 났다. 잽싸게 피했지만 마족들이 죽음을 각오하고 붙잡아 대니 윙 블레이드를 피하는 것이 쉽지 않았던 것이다.

그러나 그것이 끝이 아니었다.

같은 방식으로 마족들은 끝없이 달려들었다.

촤르르르르.

거대한 지네 형상의 마족이 똬리를 틀 듯 몸체를 둥그렇게 말며 로이스를 압박해 들어왔다.

번쩍!

다시 그 틈을 노려 크리움의 윙 블레이드가 날아왔다.

"끄아아아아악!"

거대 지네 마족은 여지없이 토막 나 죽었다.

죽는 순간에도 끈질기게 붙잡고 있어 어쩔 수 없이 로이스의 몸에도 다시 상처가 나고 말았다.

'이런 미친놈들!'

로이스는 인상을 찌푸렸다. 지금껏 수많은 전투를 치러 봤지만 이렇게 야비한 방식은 처음이었다.

하지만 지금은 투덜거릴 때가 아니다.

이른바 죽음 대기조인 마족들은 아직도 백 명 가까이 남아 있으니까.

그리고 아무리 로이스라 해도 이 같은 방식으로 계속 상처를 입으면 무시 못 할 부상을 당하고 말 것이다.

크리움과 일대일로만 싸운다면 벌써 해치웠겠지만, 이대로라면 승부를 장담할 수 없었다.

물론 계속 이런 식으로 당할 경우에 말이다. 당연히 로이스는 같은 수법에 몇 번이고 당해 줄 생각이 없었다.

"어둠의 군주를 위하여!"

"위대한 로드 크리움 님을 위하여!"

다시 마족들이 달려들었다. 순간 로이스가 날개를 기이한 형태로 펼치더니 그 자리에서 회전했다.

번쩍!

로이스의 몸이 날개와 함께 공간 저편으로 순식간에 이동했다.

"크아아아악!"

"커어억!"

"꾸어어억!"

그가 날아가며 그린 일직선상에 있던 마족 세 명이 그대로 반쪽이 나 버렸다.

[봉인된 마력석을 얻었습니다.]
[봉인된 마력석을 얻었습니다.]
[봉인된 마력석을 얻었습니다.]

이에 놀란 크리움이 입을 쩍 벌렸다. 로이스가 날개를 쫙 펼친 후 차갑게 웃었다.

"윙 블레이드는 너만 펼칠 수 있는 게 아니다, 크리움."

마왕의 붉은 날개를 장착하면 마왕처럼 윙 블레이드를 펼칠 수 있다.

로이스는 비행 수련을 하는 도중 윙 블레이드도 종종 펼쳐 봤고, 관련 전술도 5단계까지 올려놓았다.

5단계부터는 아무리 펼쳐도 단계가 상승하지 않아 수련을 그만두었지만 말이다.

'이건 좀 무식해 보여서 안 펼치려 했는데 어쩔 수 없구나. 그래도 순간 이동 속도는 꽤 쓸 만해.'

마왕들의 윙 블레이드는 로이스에게 있어서 마치 맨손 전투처럼 멋이 없어 보이는 전투 방식이었다.

따라서 차라리 맨손을 휘두르면 휘둘렀지 날개를 휘두르고 싶지는 않았다. 날개보다 주먹의 위력이 훨씬 강한데 굳이 윙 블레이드를 쓸 필요가 없는 것이다.

그래도 순간적으로 적의 공격을 피하거나 파고들 때 윙 블레이드는 제법 쓸 만했다.

바로 지금처럼 말이다.

번쩍!

크리움이 윙 블레이드를 펼쳐 공간을 가르는 순간, 로이스는 마찬가지로 윙 블레이드를 펼쳐 피해 버렸다.

촥! 좌악!

"크악!"

"꾸아악!"

그 범위 내에 있던 마족 두 명이 토막 나 사라졌다.

[봉인된 마력석을 얻었습니다.]

[봉인된 마력석을 얻었습니다.]

마족들이 죽을 때 남는 봉인된 마력석은 알아서 차곡차곡 아공간에 들어가 쌓였다.

동시에 이 순간 릴리아나의 창고에는 돈이 쌓이고 있을 것이다. 몬스터를 처치할 때마다 베카와 가디가 쌓이는 용자 칼리스의 축복 인장 효과 때문이다.

'후후, 로디아가 외상을 졌다고 했는데 지금쯤 그 돈은 다 갚았겠군.'

최강의 마전함과 장비들을 만든다며 1500만 베카가 훌쩍 넘는 재료비를 썼다고 했다.

그 후로 대왕 데스 가고일을 비롯해 꽤 많은 적을 처치했으니 아마 외상값을 모두 갚고도 남을 만큼 돈이 쌓여 있을 것이다.

그리고 잠시 후 마왕 크리움을 처치하면 적어도 1000만 베카가 또 들어올 테니 돈 걱정은 할 필요가 없었다.

번쩍! 번쩍!

그 후로도 크리움이 윙 블레이드로 날아들면 로이스 역시 윙 블레이드로 피하며 마족들을 학살했다.

"크아아악!"

"쿠아악!"

　[미스토스의 은총이 당신의 노력에 대한 보상을 줍니다.]

　[당신의 윙 블레이드 전술이 6단계가 되었습니다.]

　[윙 블레이드의 속도와 파괴력이 증가합니다.]

'오!'

5단계에서 더 이상 안 오르던 윙 블레이드가 마족들을 해치우니 한 단계 상승했다.

역시나 실전만 한 수련은 없었다.

어떤 전술이든 단계를 제대로 올리려면 실전에 써먹어야 하는 것이다.

한편 크리움의 두 눈에서는 시뻘건 흉광이 번뜩였다.

"감히 나의 권속들을 죽이다니! 용서하지 않겠다!"

"어차피 네가 다 죽일 거잖아. 난 널 도와준 것뿐이야."

"닥쳐라! 내가 죽인 것과 네놈이 죽인 것이 같으냐?"

그 말과 함께 크리움의 윙 블레이드가 다시 날아들었다.

번쩍! 번쩍!

두 개의 광채! 하나는 크리움의 윙 블레이드고 또 하나는 로이스의 것이었다.

그리고 그때마다 여지없이 마족들은 두 쪽이 나 버렸다.

더구나 로이스는 적당히 위치를 변경해 크리움이 자신을 공격해 올 땐 무조건 마족들을 죽이게 만들었다. 무조건 일 직선으로 날아드는 윙 블레이드의 한계를 잘 알고 있기 때 문이었다.

[당신의 윙 블레이드 전술이 7단계가 되었습니
다.]

[윙 블레이드의 속도와 파괴력이 증가합니다.]

어느덧 마족들의 태반이 죽임을 당했다. 크리움이 이를
갈았다.

"으득! 정말 야비하게 싸우는구나. 살다 살다 너 같은 놈
은 처음 본다."

"누가 할 소리를 하는 거냐?"

로이스는 어이가 없었다. 크리움은 모든 걸 자신의 위주
로만 생각하는 것이 분명했다.

똑같은 수법이라도 그 자신이 할 때는 야비한 것이 아니
고, 남이 하면 야비한 것이 되니 말이다.

아무튼 저따위 한심한 마왕 하나를 해치우는 데 시간을
더 쓸 필요는 없으리라.

번쩍!

계속 뒤로 피하기만 하던 로이스가 돌연 앞으로 돌진했
다.

"……?!"

설마 로이스가 윙 블레이드로 자신을 공격해 올지는 예
상 못 했는지 크리움이 움찔 놀랐다. 그래도 그는 마왕답게

순간적인 판단으로 슬쩍 옆으로 이동해 윙 블레이드를 피했다.

스슷.

바로 그 순간 로이스의 윙 블레이드가 그 자리에 딱 정지했다. 동시에 옆으로 피한 크리움을 향해 로이스의 주먹이 무자비하게 날아갔다.

퍼억—!

콰지직! 퍽! 퍼펙!

"크으윽! 뭐, 뭐냐?"

"뭐긴! 바로 이거지."

로이스는 방금 전 계속 윙 블레이드를 펼치며 이 거리를 정확히 맞추는 연습을 했다.

윙 블레이드는 매우 빠르고 강력한 만큼 순식간에 엄청난 거리를 주파해 버리기 때문이다.

만약 이 거리를 정확하게 조절할 수 있다면 윙 블레이드로 상대에게 파고든 후 즉각 다른 공격을 펼칠 수 있게 된다.

그리고 지금 그것이 위력을 발휘했다.

보조 날개인 대왕 데스 가고일의 날개로 인해 로이스는 마왕의 붉은 날개를 장착한 상태에서도 전투력이 감소하지 않는다.

그가 가진 전투력을 여지없이 발휘할 수 있는 것이다.

특히나 지금은 마검 다켈도 아공간에 집어넣은 상태다.

맨손일 때 최강의 전투력을 발휘하는 로이스의 지척에 크리움이 위치하고 있었으니!

이미 상황은 끝난 것이나 마찬가지였다.

퍼퍼퍽! 퍼억—!

로이스의 가공스러운 주먹 공세에 크리움의 몸은 순식간에 만신창이로 변해 버렸다.

"크으으윽! 이, 이런 제길!"

크리움은 피할 엄두조차 내지 못했다. 아니, 피하려고 해도 그럴 만한 공간 자체가 없었다.

무작위로 날아드는 것 같아도 로이스의 주먹과 발은 크리움이 피할 수 있는 모든 방위를 차단해 버렸다.

퍼퍽! 우드득!

"커어어억! 자, 잠깐! 사, 살려 줘!"

"비겁하게 굴지 말고 마왕답게 당당하게 죽어라."

로이스는 인정사정 봐주지 않았다.

퍼어억!

"크어어억! 제, 제길!"

크리움은 마왕으로서의 자신의 최후에 대해 상상을 해 본 적이 있었다.

물론 절대 그런 비참한 일은 벌어지지 않을 것이라 확신했지만, 혹시라도 자신이 죽게 된다면 과연 어떻게 죽을까 하는 상상을 해 보았던 것이다.

대마왕 불칸조차 어쩔 수 없는 최강의 용자가 휘두른 절대 신검에 의해 심장이 꿰뚫리거나, 혹은 초월자의 경지에 이른 마법사가 펼친 극한의 공격 마법에 전신이 녹아 버린다거나.

다시 말해 그런 가공 무쌍한 절대자가 휘두른 검술이나 마법에 어쩔 수 없이 패배하며 죽음을 맞이한다면?

그나마 그것은 마왕다운 멋진 죽음이라 할 수 있으니 담담히 받아들이기로 결심한 바였다.

그러나 이게 대체 웬일인가?

설마 인간 소년의 주먹에 맞아 죽을 것이라고는 상상조차 해 본 적이 없었던 것이다.

퍼어억! 우두둑! 콰직! 퍽퍽퍽!

그야말로 말도 안 되는 일이 지금 벌어지고 있었다.

이미 그가 가진 힘의 근원이자 마왕으로서의 모든 권위를 뜻하는 날개가 어깨에서 뜯겨져 나갔다.

심장은 부서져 버렸고 안면은 대부분 함몰되어 형체조차 알아보기 힘들었다.

물론 그의 몸은 부서진 즉시 빠른 속도로 복원되고 있었지만, 그보다 더 빨리 로이스의 주먹이 날아들었다.

퍼퍼퍽! 콰지직!

"크으으윽!"

날개가 뜯겨 나간 상태라 대부분의 힘을 상실한 크리움의 몸에서 점차 마기가 사그라지기 시작했다.

"쿠윽! 제 제길! 이게 대체…….."

죽으면서도 기막히다는 것이 바로 이런 것이다.

한편 크리움이 위기에 처하자 사방에서 그의 권속 마족들이 기를 쓰고 달려들었다. 물론 그래 봤자 모두 로이스가 휘두른 주먹에 맞아 가루로 변해 버렸지만.

그렇게 마족들을 모조리 해치우자 움직임을 방해하며 갖가지 귀찮은 저주를 퍼붓던 마법진이 흔적도 없이 사라졌다.

"이제 마지막이다. 그만 끝내자, 크리움."

"아, 안 돼!"

콰아앙!

"크아아아아악!"

로이스가 힘껏 주먹을 휘두른 순간 폭음이 울리며 크리움의 몸이 산산조각 나 버렸다.

[미스토스의 은총이 당신의 노력에 대한 보상을

줍니다.]

   [레벨이 올랐습니다.]

   [레벨이 올랐습니다.]

   [당신의 레벨이 상급 20이 되었습니다.]

   [당신의 전투력이 대폭 상승했습니다.]

   [당신의 최대 맷집과 최대 미흐가 대폭 상승했습
니다.]

   이름 [로이스]

   레벨 [상급 20]

   칭호 [마궁의 지배자]

   신분 [미스토스 상급 기사]

   맷집 40810/40810 (30810+10000)

   미흐 40797/40797 (30797+10000)

   '드디어 또 하나의 마왕을 해치웠구나.'

   그런데 이제는 마왕을 죽였는데도 레벨이 2단계밖에 오
르지 않았다.

   '데세오를 처치했을 때는 4단계나 올랐는데 고작 2단
계?'

   그러나 사실 고작 2단계가 아니었다.

레벨이 오를수록 전투력이 대폭 상승하는 터라 이는 당연한 일이었다.

'후후, 그래도 아까보다 배는 더 강해진 기분이야.'

로이스는 뿌듯한 기분으로 군주의 목걸이가 알려 주는 다른 내용들도 살펴봤다.

[당신의 맨손 전투 전술이 상급 30단계가 되었습니다.]

[당신의 맨티스거의 투지(전설)가 상급 28단계가 되었습니다.]

맨손 전투 관련 전술들이 각각 1단계 상승!

그뿐이 아니었다.

[미스토스 1180카퍼스를 얻었습니다.]

미스토스가 데세오를 처치했을 때보다 훨씬 많았다. 물론 이 미스토스들은 마족들을 처치한 보상과는 별도였다. 각각의 마족들을 해치울 때마다 적게는 1카퍼스에서 많게는 5카퍼스 가까운 미스토스가 따로 들어왔기 때문이다.

[임무] 자격을 증명하여 푸른 와이번 반지의 봉
인을 푼다.
　—마왕 3명을 처치한다. 2/3

이제 마왕을 한 명만 더 처치하면 반지의 봉인을 풀 수
있을 것이다.
　그 생각을 하자 왠지 가슴이 더욱 뛰었다.

　[마왕 크리움의 죽음으로 그의 날개가 주인을 잃
었습니다.]
　[마왕 크리움을 패배시킨 당신은 암흑 날개의 새
로운 주인이 될 자격이 있습니다.]

　[마왕의 암흑 날개를 당신의 소유로 인정하겠습
니까?]
　[인정한다./거절한다.]

“인정한다!”
　뭐 이런 걸 물어보는 것일까? 마왕을 패배시켰으니 당연
히 획득할 전리품인데 말이다.
　그럴 리는 없겠지만 혹시 필요 없어져 나중에 버린다고

해도 일단은 챙기고 볼 생각이었다.

'이번 건 붉은 날개가 아니라 암흑 날개네.'

[마왕의 암흑 날개(신화)를 얻었습니다.]

역시나 신화 등급의 날개였다.

　＊ 마왕의 암흑 날개(1단계)

　—등급 : 신화

　—자유롭게 장착, 탈착이 가능.

　—날개 장착 시 마계를 자유롭게 비행할 수 있으
며 윙 블레이드 시전이 가능함.

　—날개 장착 시 권역의 마궁을 지배할 수 있음.

　—마계 및 암흑 결계 이외의 장소에서는 비행 속
도가 대폭 감소.

　—마계 및 암흑 결계 이외의 장소에서 날개 장착
시 전투력이 대폭 하락.

　1단계 암흑 날개!

　설명을 보니 지금 가진 붉은 날개와 외형의 차이만 존재
할 뿐 성능은 동일했다.

외형만 따지자면 지금 얻은 마왕의 암흑 날개가 뭔가 더 그럴듯해 보이긴 했다. 시뻘건 날개가 아닌 칠흑 같은 암흑이 날개의 형상으로 펼쳐져 있었기 때문이다.

'당장 바꿔야지.'

그 무엇보다 멋을 중요시하는 로이스로서는 당연히 마왕의 암흑 날개가 더 마음에 들었다.

곧바로 마왕의 붉은 날개를 떼어 낸 후 보조 날개를 분리해 마왕의 암흑 날개에 부착했다.

[대왕 데스 가고일의 날개가 마왕의 암흑 날개와 일체화됩니다.]

그 말과 함께 뜻밖의 내용이 나타났다.

[마왕의 날개는 마왕의 날개를 재료로 사용해 강화가 가능합니다.]
[강화에 성공하면 날개의 성능이 좋아지지만, 실패할 경우 날개가 모두 사라집니다.]
[만일을 대비해 주 날개에서 보조 날개를 분리하십시오.]

"이건 또 뭐냐?"

그러나 로이스는 별다른 망설임이 없이 고개를 끄덕였다.

'성능이 좋아진다면 강화해 보지 뭐.'

곧바로 그는 보조 날개를 떼어 냈다.

그러자 곧바로 새로운 글자들이 나타났다.

[1단계에서 2단계 강화 성공 확률 80%]

[미스토스를 소모해도 성공 확률은 상승하지 않습니다.]

[그러나 미스토스 20카퍼스를 소모하면 강화에 실패해도 주 날개는 사라지지 않습니다. 단, 재료로 사용되는 날개는 사라집니다.]

[마왕의 붉은 날개를 재료로 사용해 마왕의 암흑 날개를 강화하시겠습니까?]

[강화한다./미스토스를 소모해 강화한다./그냥 놔둔다.]

미스토스를 소모해도 성공 확률은 80% 그대로라는 뜻이다.

다만 실패 시에도 마왕의 암흑 날개는 사라지지 않게 보호하는 효과가 있었다.

미스토스 20카퍼스가 아깝다고 그냥 강화를 했다가 실패하면 모든 날개가 날아가 버리니 그건 현명한 일이 아니었다.

'당연히 미스토스를 소모해야지. 실패해도 날개 하나는 남아 있어야 하잖아.'

예전에는 이런 건 릴리아나에게 부탁해서 했는데 이제는 로이스가 알아서 할 수 있게 되었다.

사실 그때도 로이스가 직접 할 수 있었지만 안했을 뿐이다. 엄밀히 말하면 안 했다기보다는 뭔지 잘 몰라서 못한 것이지만 말이다.

아무튼 이제 이런 것쯤은 어렵지 않았다.

로이스는 자신 있게 웃으며 외쳤다.

"미스토스를 소모해 마왕의 암흑 날개를 강화하겠다!"

그러자 군주의 목걸이가 번쩍 빛났다.

화아아악!

환한 빛무리가 목걸이에서 쏟아져 나와 마왕의 검은 날개와 마왕의 붉은 날개를 뒤덮었다.

[미스토스 20카퍼스가 소모되었습니다.]

[마왕의 붉은 날개가 사라졌습니다.]

[마왕의 암흑 날개가 성공적으로 강화되었습니다.]

[마왕의 암흑 날개가 2단계가 되었습니다.]

[날개의 속도와 파괴력이 대폭 상승합니다.]

[날개로 윙 실드를 펼칠 수 있습니다.]

[날개의 권능이 상승해 마궁을 세 곳까지 지배할 수 있습니다.]

"오오! 성공이야!"

로이스는 탄성을 질렀다.

다행이었다. 무조건 성공하는 것이 아니라 실패할 수도 있었기 때문이다.

"후후, 날개가 아까보다 훨씬 멋지게 변했어."

아까는 그저 암흑의 기운이 그림자처럼 펼쳐져 날개의 형상을 하고 있었다면, 지금은 암흑의 기운이 불꽃처럼 타오르며 날개의 형상을 이루고 있었다.

누구라도 이 날개를 보면 두 눈이 휘둥그레져 감탄을 할 것이다. 물론 암흑 날개가 주는 공포심은 적지 않지만, 그만큼 멋지기에 두려우면서도 계속 쳐다보게 만드는 마력이 존재했다.

＊ 마왕의 암흑 날개(2단계)

—등급 : 신화

—날개 장착 시 마계를 자유롭게 비행할 수 있으며 윙 블레이드 및 윙 실드 시전이 가능함.

—날개의 권능이 상승해 마궁을 세 곳까지 지배할 수 있음.

2단계가 되자 새롭게 추가된 내용들.

특이한 건 윙 실드라는 것을 펼칠 수 있게 됐다는 것!

[윙 실드는 날개를 펼쳐 적의 물리 공격 및 마법 공격을 방어할 수 있는 능력입니다.]

[오직 날개를 장착한 상태에서만 시전이 가능하며 미흐를 소모하면 윙 실드의 방어력은 더욱 강력해집니다.]

"이 날개를 방패처럼 사용할 수 있다는 거군."

웬만한 건 그냥 피해 버리면 될 것을 굳이 날개까지 펼쳐 막을 필요가 있을까 싶었다.

그래도 유사시엔 필요한 순간이 있을 것이다.

그리고 날개의 권능이 상승해 마궁을 세 곳까지 지배할
수 있게 되었다.

원래대로였다면 로이스는 이미 하나의 마궁을 소유하고
있었으므로 이 마궁은 약탈만 가능할 뿐 지배할 수는 없었
을 것이다.

[마왕 크리움을 격파하였으므로 마왕 크리움의
마궁이 당신의 지배하로 들어왔습니다.]

[당신이 지배 가능한 마궁은 도합 세 곳이며, 이
미 한 곳을 지배 중입니다.]

[마왕 크리움의 마궁을 접수하겠습니까? 마궁을
접수하면 마궁을 중심으로 일정 반경의 영역이 당
신의 권역이 됩니다.]

[접수한다./그냥 놔둔다.]

〈다음 권에 계속〉

DREAMBOOKS★